U0135389

中国可再生能源产业发展报告

王仲颖 任东明 高 虎 等编著 （中英文版）

中国-丹麦可再生能源发展项目
能源基金会

 化学工业出版社
·北京·

图书在版编目(CIP)数据

中国可再生能源产业发展报告 2011：汉英对照/
王仲颖等编著 . —北京：化学工业出版社，2012.2
ISBN 978-7-122-13313-7

Ⅰ. 中… Ⅱ. 王… Ⅲ. 再生资源-能源发展-研究
报告-中国-2011 Ⅳ. F426.2

中国版本图书馆 CIP 数据核字（2012）第 014936 号

责任编辑：王 斌 邹 宁 　　　　　　　　　装帧设计：王晓宇
责任校对：顾淑云

出版发行：化学工业出版社（北京市东城区青年湖南街 13 号　邮政编码 100011）
印　　刷：北京永鑫印刷有限责任公司
装　　订：三河市万龙印装有限公司
787mm×1092mm　1/16　印张 12½　字数 188 千字　2012 年 3 月北京第 1 版第 1 次印刷

购书咨询：010-64518888（传真：010-64519686）　售后服务：010-64518899
网　　址：http://www.cip.com.cn
凡购买本书，如有缺损质量问题，本社销售中心负责调换。

定　　价：98.00 元
版权所有　违者必究

项目编委会名单

主　任：韩文科　史立山

副主任：梁志鹏　王仲颖　任东明　高　虎

编　委：（按姓氏拼音排序）

董路影　樊京春　樊丽娟　韩翠丽　韩再生

胡润青　李德孚　李俊峰　刘时彬　罗振涛

罗志宏　秦海岩　秦世平　施鹏飞　时璟丽

陶　冶　王孟杰　王斯成　殷志强　张庆分

张万军　张正敏　赵勇强　朱俊生

本书著作者名单

王仲颖　黄　禾　樊丽娟　王　卫　孙培军

刘建东　窦克军　朱顺泉　袁静婷　戚琳琳

任东明　高　虎　赵勇强　时璟丽　胡润青

秦世平　张庆分　陶　冶　谢旭轩　张成强

郑克棪

2010年我国可再生能源产业继续保持快速发展。在可再生能源发电方面，到2010年底，全国水电装机达到2.16亿千瓦，年发电量6867亿千瓦时；并网风电装机3131万千瓦，年发电量约500亿千瓦时；离网风电装机15万千瓦，年发电量2.7亿千瓦时；光伏装机86万千瓦，年发电量8.6亿千瓦时；生物质能发电装机550万千瓦，年发电量268亿千瓦时；地热海洋发电装机2.8万千瓦，年发电量1.5亿千瓦时。可再生能源发电总量约7648亿千瓦时，约占2010年电力消费总量的18.2%。

此外，在生物燃料方面，我国固体成型燃料生产量350万吨；燃料乙醇利用量184万吨，生物柴油利用量40万吨。如果计入供热、供气、太阳能热利用等非商品化的可再生能源利用量，可再生能源年利用量总计约2.94亿吨标准煤，占2010年一次能源消费总量的9.09%。

2010年是我国"十一五"计划的收官之年，在"十一五"期间，我国可再生能源经历了一个飞速发展的阶段，从2005年到2010年的5年间，我国可再生能源利用规模不断扩大，可再生能源对能源消费总量的贡献日益显著，可再生能源占一次能源消费的比例不断提高。

但是，另一方面，2010年我国已经超过美国成为世界第一能源消费大国。能源需求和气候变化的挑战日益严峻，优化能源结构、实现能源多元化、清洁化和低碳化的任务更加紧迫。我国必须显著提高可再生能源开发利用的绝对量，使其在未来10年内，在仍将保持增长的能源消费中，占据更大的份额。当然，随着可再生能源技术的发展和生产制造水平的快速提高，我们对未来可再生能源发展的预期也有了很大的变化。

除整理分析2010年我国可再生能源发展情况外，本书对未来5～10年内我国可再生能源发展面临的新形势和新趋势也进行了预测分析，阐述了可再生能源在未来能源系统中的地位和作用，提出了未来可再生能源发展的战略目标和要求。同时，针对可再生能源发展在体制、机制、政策、资源、技术、研发等方面存在的问题和挑战，本书也进行了很多有益的探讨并提出了不少建设性的想法。

今年的报告中还新增整理了 2010 年中国可再生能源大事记。

本书可供广大从事可再生能源行业的政府决策人士、行业和企业管理人士、科研院所的研究人员和高等院校师生等参考。

国家发改委能源研究所　所长

目　录

CONTENTS

1 可再生能源产业发展综述

1.1 产业化发展概况

1.1.1 总体情况

2010 年我国的可再生能源继续保持快速发展。在可再生能源发电方面，到 2010 年底全国水电装机达到 2.16×10^8 kW，年发电量 6867×10^8 kW·h，折合约 2.30×10^8 tce；并网风电装机 3131×10^4 kW，年发电量 494×10^8 kW·h，折合 1517×10^4 tce；离网风电装机 15×10^4 kW，年发电量 2.7×10^8 kW·h，折合 8.4×10^4 tce；光伏装机 86×10^4 kW，年发电量 8.6×10^8 kW·h，折合 26.4×10^4 tce；生物质能发电装机 550×10^4 kW，年发电量 268×10^8 kW·h，折合 898×10^4 tce；地热海洋发电装机 2.8×10^4 kW，年发电量 1.5×10^8 kW·h，折合约 5.0×10^4 tce。可再生能源发电总量 7642×10^8 tce，约占当年电力消费总量的 18.2%。

生物燃料方面，固体成型燃料生产量 350×10^4 t，折合约 175×10^4 tce；燃料乙醇利用量 184×10^4 t，折合约 184×10^4 tce；生物柴油利用量 40×10^4 t，折合 57.2×10^4 tce。如果计入供热、供气、太阳能热利用等非商品化的可再生能源利用量，可再生能源年利用量总计约 2.94×10^8 tce，占当年一次能源消费总量的 9.09%。2010 年我国可再生能源开发利用量如表 1 所示。

表 1 2010 我国可再生能源开发利用量

能源种类	利用规模	年产能量	折合 10^4 tce
一、发电	25391×10^4 kW	7642×10^8 kW·h	25460
水电	21606×10^4 kW	6867×10^8 kW·h	23006
并网风力发电	3131×10^4 kW	494×10^8 kW·h	1517
小型离网风力发电	15×10^4 kW	2.7×10^8 kW·h	8.4
光伏发电	86×10^4 kW	8.6×10^8 kW·h	26.4
生物质发电	550×10^4 kW	268×10^8 kW·h	898
地热海洋发电	2.8×10^4 kW	1.5×10^8 kW·h	5.0

续表

能源种类	利用规模	年产能量	折合 10^4 tce
二、供热			3665
太阳能热水器	$16800 \times 10^4 m^2$		2016
太阳灶	200 万台		46.0
沼气	$140 \times 10^8 m^3$		1000
生物质成型燃料	$350 \times 10^4 t$		175
地热热利用	$13090 \times 10^4 m^2$		428
三、交通燃料			241
燃料乙醇	$184 \times 10^4 t$		184
生物柴油	$40 \times 10^4 t$		57.2
总计			29365.7
可再生能源占一次能源消费的比例			9.09%

　　2005～2010 年,我国可再生能源利用的规模不断扩大,可再生能源对能源消费总量的贡献日益显著,可再生能源占一次能源消费的比例不断提高(见图 1、图 2)。

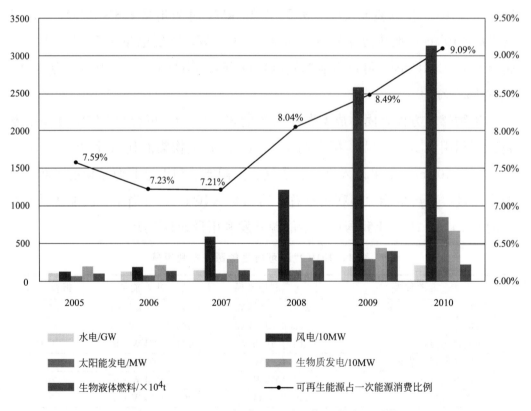

图 1　2005～2010 年我国可再生能源的发展形势

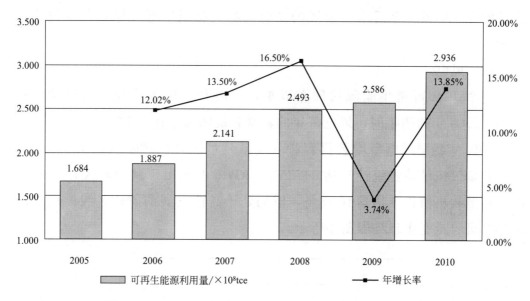

图 2　2005～2010 年我国可再生能源利用规模的发展情况

在产业发展方面，我国可再生能源的完整产业链已经基本形成。风电具备了千万千瓦级的总装能力及相应的零部件制造能力；海上风电的建设已迈出重要步伐，上海东海大桥 $10×10^4$ kW 海上风电场已经安装完成，江苏沿海 $100×10^4$ kW 海上风电建设项目的招标完成；光伏上下游均衡发展，多晶硅产量在 2010 年实现倍增，产量达到了 $4.5×10^4$ t。

1.1.2　各种可再生能源资源的开发利用

（1）水电

我国水电资源丰富，根据 2003 年全国水能资源复查成果，全国水能资源技术可开发装机容量为 $5.42×10^8$ kW，年发电量 $2.47×10^8$ kW·h；经济可开发装机容量为 $4×10^8$ kW，年发电量 $1.75×10^8$ kW·h。按经济可开发年发电量重复使用 100 年计算，水能资源占我国常规能源剩余可采储量的 40% 左右，仅次于煤炭。

到 2010 年底，全国水电总装机容量达 $2.16×10^8$ kW，年发电量为 $6867×10^8$ kW·h，担负着全国近 1/2 国土面积、1/3 的县、1/4 人口的供电任务。

我国水电勘测、设计、施工、安装和设备制造均达到国际水平，已形成完备的产业体系。今后水电发展的主要问题是流域生态破坏及其相关社会影响。

（2）风电

自 2006 年可再生能源法颁布以来，风电开发进入快速发展时期，从 2006～2009 年的四年间，风电每年的新增装机增长率在 100％以上。

2010 年我国风电新增装机容量（按吊装量统计）$1893 \times 10^4 kW$，累计装机容量（按吊装量统计）达 $4473 \times 10^4 kW$。但是由于基数较大，2010 年风电新增装机增长率回落到 73％，但仍处于高速发展的阶段。我国风电的历年装机容量变化趋势如图 3 所示。

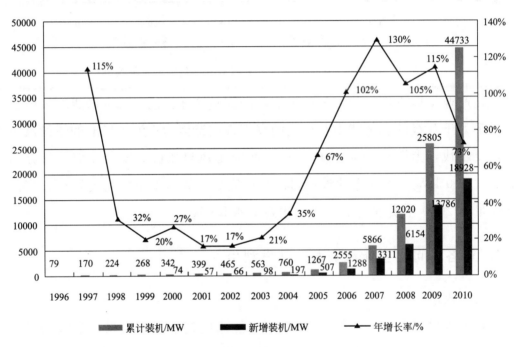

图 3　我国历年风电增长趋势图

来源：中国风能协会，2011

（3）光伏发电

"十一五"是我国太阳能光伏产业发展最快的时期。受《可再生能源法》的鼓励，同时也得益于国际市场的拉动，我国的光伏产业飞速发展，自 2007 年起已连续 4 年太阳电池产量居世界第一。2010 年我国太阳能光伏电池产量约为 8000MW，较 2009 年增长 100％；当年新增装机约为 560MW，累计装机容量达到 860MW，较 2009 年增长 287％。2004～2010 我国太阳能产量

表 2 2004～2010 我国太阳电池产量和装机容量

年 份	2004	2005	2006	2007	2008	2009	2010
国内光伏电池产量/MW	50	200	400	1088	2600	4000	8000
国内光伏电池产量年增长率		300%	100%	172%	139%	54%	100%
国内累计装机容量/MW	63	68	80	100	145	300	860
国内新增装机年增长率		7.9%	17.6%	25%	45%	103%	287%

和装机容量见表 2。

（4）太阳能热利用

经过多年来的产业积累，我国的太阳能热水器已经形成规模化生产和商业化市场运作。2010 年我国太阳能热水器产业继续保持迅猛发展的态势，太阳能热水器年产量和运行保有量分别为 $4900 \times 10^4 m^2$ 和 $1.68 \times 10^8 m^2$，年增长率分别为 16.7% 和 15.9%；行业总就业机会超过了 350 万个，产值达到 700 多亿元。作为一种有效的建筑节能产品，太阳能热水器的作用开始从单一的生活热水供应，逐步拓展至生活热水和采暖供应，市场应用也不断扩大。

（5）生物质能

到 2010 年底全国建成各类生物质发电装机合计约 $550 \times 10^4 kW$。在生物质能的农村利用方面，我国农村户用沼气已达 4000 万户，农业废弃物沼气工程达 72741 处。户用沼气和大中型沼气工程的年沼气总量约为 $140 \times 10^8 m^3$，折 $1000 \times 10^4 tce$。

此外，在生物液体燃料方面，我国也进步显著。2010 年我国生物质成型燃料产量达 $350 \times 10^4 t$，比 2009 年增长 75%。燃料乙醇年产量达 $184 \times 10^4 t$，生物柴油产量达 $40 \times 10^4 t$。

（6）地热能

我国地热发电装机容量多年来维持在 $2.5 \times 10^4 kW$，每年发电在 $1 \times 10^8 kW \cdot h$。地热直接利用方面已开发利用地热田 259 处，每年地热水开采量 $3.68 \times 10^8 m^3$。利用常规地热资源的供暖面积达到 $3020 \times 10^4 m^2$。地源热泵供暖（部分制冷）面积年增长 $1800～2300 \times 10^4 m^2$，年增长率超过 30%。

2009 年地源热泵供暖面积达 $10070 \times 10^4 m^2$，利用功率约 $5210 MW_{th}$。常规地热水供暖和地源热泵供暖总面积 $1.309 \times 10^8 m^2$，总利用功率

$8898MW_{th}$，利用总热量 7543.8×10^4GJ，相当于 327×10^4tce。全年减排二氧化碳 779×10^4t；减排二氧化硫 19.6×10^4t。

（7）海洋能

我国海洋能的利用主要还在研发和示范阶段。我国正在运行的潮汐电站有 3 座，另有一座在进行建设的前期工作。波浪能的利用有一些研发和示范，已拥有 100kW、20kW 岸式振荡水柱波能装置各一座、700 余个 1kW 以下装置。国内建成的潮流能装置有 70kW 漂浮式垂直轴装置和 40kW 坐底固定式垂直轴装置。国内尚未有建成的温差能装置盐差能装置。

1.2　政策框架

2006 年我国开始实施《可再生能源法》，并于 2009 年根据产业发展情况做了修订。我国可再生能源能源政策框架的基本构成主要包括以下内容：法律法规、规划目标、政策措施等，详细表格见附件 1 所示。

1.2.1　法律法规

《可再生能源法》规定了我国可再生能源的基本制度，具体如下。

总量目标是指用法律形式对可再生能源的总量或者在能源结构中的比例做出的规定。这一目标既有绝对量目标，例如规定一定时期内可再生能源的发展总量。也有相对量目标，即规定一定时期内可再生能源在整个能源结构中的比例。有了总量目标的要求，市场主体就可以从中得到市场发展的导向信息，从而具有体现立法中提到的政府推动和市场引导相结合的基本原则。

全额保障性收购是指国务院能源主管部门会同国家电力监管机构和国务院财政部门，按照全国可再生能源开发利用规划，确定在规划期内应当达到的可再生能源发电量占全部发电量的比重，制定电网企业优先调度和全额收购可再生能源发电的具体办法，并由国务院能源主管部门会同国家电力监管机构在年度中督促落实。

电网企业应当与按照可再生能源开发利用规划建设，依法取得行政许可或者报送备案的可再生能源发电企业签订并网协议，全额收购其电网覆盖范围内符合并网技术标准的可再生能源并网发电项目的上网电量。发电企业有义务配合电网企业保障电网安全。电网企业应当加强电网建设，扩大可再生能源电力配置范围，发展和应用智能电网、储能等技术，完善电网运行管理，提高吸纳可再生能源电力的能力，为可再生能源发电提供上网服务。

为鼓励可再生能源并网发电，国家将对上网可再生能源电力给予价格优惠，主要体现为保证上网与实行高电价优惠政策。可再生能源上网电价与火电标杆电价的费用差额由在全国范围对销售电量征收可再生能源电价附加补偿。国家投资或者补贴建设的公共可再生能源独立电力系统的销售电价，执行同一地区分类销售电价，其合理的运行和管理费用超出销售电价的部分，依照规定补偿。

可再生能源法颁布后，国家发展改革委、财政部、建设部还形成了一些专门的部门规章或者指导文件，例如国家发展改革委与财政部联合下发的《促进风电产业发展实施意见》、《关于加强生物燃料乙醇项目建设管理，促进产业健康发展的通知》、财政部等五个部委联合下发的《关于发展生物能源和生物化工财税扶持政策的实施意见》、财政部与建设部联合下发的《可再生能源建筑应用专项资金管理暂行办法》和《可再生能源建筑应用示范项目评审办法》等。这些部门的规章和政策对推动可再生能源专项技术的发展发挥了重要的作用。

1.2.2 规划目标

与可再生能源相关的规划包括：已经制定发布的《可再生能源中长期发展规划》、《可再生能源发展"十一五"规划》、《高技术产业发展"十一五"规划》等。即将发布的《可再生能源发展"十二五"规划》、《新兴能源产业发展规划》等。

其中，2007年8月正式颁布《可再生能源中长期发展规划》（简称中长期规划）。这一规划，明确提出了国家可再生能源发展的总量目标，成为指导我国可再生能源发展的纲领性文件。规划明确提出了到2010年，我国可再生能源年利用量要达到 3×10^8 tce，占能源消费总量的10%；到2020年，可再生能源年利用量要达到 6×10^8 tce，占能源消费总量的15%的阶段发展总目标。

此外，针对风电、光伏等各类可再生能源资源和技术，我国还出台了各项专业规划，如 2008 年提出的"建设千万千瓦风电基地规划"，"按照'融入大电网、建设大基地'的要求，力争用十年左右的时间在甘肃、蒙东、蒙西、新疆、河北、江苏、东北建设 7 个千万千瓦级的风电基地，并在东部沿海其他省份及北部和中部的有条件的地区，建设若干个百万千瓦的大型风电项目"。目前，各类规划目标的提出已经或即将成为推动可再生能源产业快速发展的市场信号。

此外，在各级地方政府也纷纷出台新能源、可再生能源等非化石能源方面的规划，目前已经有北京、天津、上海、山东、江苏、浙江等 20 多个省、自治区、直辖市根据自身可再生能源发展地情况提出了不同层面的新能源、可再生能源发展规划和实施方案，对非化石能源发展的目标、重点任务等进行了规划。

1.2.3　经济激励政策

我国为了鼓励发展非化石能源，国家实行了税收优惠政策、价格优惠政策、投资补贴政策和研发投入政策等激励政策，还开展了一系列的国家推广行动。

（1）价格优惠政策

价格优惠政策主要体现为保证上网与实行高电价优惠政策（即国际通行的 Feed-in-Taffif）。1994 年，原电力部出台了"并网风力发电的管理规定"，对风力发电实行"还本付息加合理利润"的优惠电价政策，并要求电网全额收购风电场所发电量。1999 年，国家计委、科技部经报请国务院批准，颁布了"关于进一步支持新能源与可再生能源发展有关问题的通知"（计基础 [1999] 44 号文），通知重申了原电力部《并网风力发电管理规定》的要求，明确要求电网应允许可再生能源发电企业就近上网，并收购其全部电量。上网电价，按"发电成本＋还本付息＋合理利润"的原则确定；并规定高于电网平均电价的部分采取全网共同承担，并将其适用范围扩大到整个新能源与可再生能源发电项目。其中采用本地化制造设备的项目给予 5％的投资利润率。

2009 年 7 月底，国家发展改革委发布了《关于完善风力发电上网电价政策的通知》（发改价格〔2009〕1906 号），对风力发电上网电价政策进行了完善。文件规定，全国按风能资源状况和工程建设条件分为四类风能资源区，相应设定风电标杆上网电价。四类风电标杆价区水平分别为 0.51 元/（kW·h）、0.54 元/（kW·h）、0.58 元/（kW·h）和 0.61 元/（kW·h），2009 年 8 月 1 日起新核准的陆上风电项目，统一执行所在风能资源区的标杆上网电价，海上风电上网电价今后根据建设进程另行制定。政府针对四类风能资源区发布的指导价格即最低限价，实际电价由风力发电企业与电网公司签订购电协议确定后，报国家物价主管部门备案。

2010 年国家发展改革委《关于完善农林生物质发电价格政策的通知》（发改价格〔2010〕1579 号），进一步完善农林生物质发电价格政策。对农林生物质发电项目实行标杆上网电价政策。未采用招标确定投资人的新建农林生物质发电项目，统一执行标杆上网电价每千瓦时 0.75 元（含税）。优惠电价政策是我国目前吸引可再生能源发电项目建设的最主要的政策。

（2）投资补贴政策

国家实施的绿色能源示范县项目和金太阳工程等项目，都是对非化石能源项目进行的投资补贴。如 2009 年 3 月起实施的金太阳工程，我国政府决定每年从财政出资 100 亿元左右，为太阳能屋顶和光伏建筑建设提供补贴，以促进国内太阳能发电市场的形成。根据财政部等部委 6 月底联合下发《关于做好 2011 年金太阳示范工作的通知》，"金太阳"工程的补贴标准为，采用晶体硅组件的示范项目补助标准为 9 元/W，采用非晶硅薄膜组件的为 8 元/W，随着光伏组件的成本的下降，补贴标准逐年减少。

此外，一些地方政府，如辽宁、大连等省市县政府，对凡是兴建北方生态模式（即以沼气工程为主体、阳光塑料大棚、养殖业和种植业的结合）的农户、县、乡、村政府提供 700 元的补贴，同时对每个项目提供 2000 元的低息贷款。

（3）税收优惠政策

税收减免是我国政府为了鼓励可再生能源等非化石能源发展而采取的一项基本优惠政策，政策内容主要包括：减免关税、增值税优惠、减免所得税等。

1.2.4 支持产业发展的政策

为了进一步落实可再生能源法，拉动产业市场，国家能源主管部门和相关部委发布了一系列政策和指令，以规范、引导和拉动可再生能源市场的发展。规范市场类的产业政策包括以下 4 个方面。

第一，关于可再生能源发电和并网方面的政策。如 2006 年发改委陆续颁布的《可再生能源发电有关管理规定》、《电网企业全额收购可再生能源电量监管办法》，同年国家电网公司发布了《国家电网公司风电场接入电网技术规定（试行）》、《国家电网公司风电场接入系统设计内容深度规定（试行）》，2009 年又进行了修订，2010 年又发布了《风电调度运行管理规范》等。

第二，针对各产业的特点分别制定和发布的各类规定。在风电、生物质、太阳能等产业发展方面提出的办法，如 2006 年发布的《促进风电产业发展实施意见》、《国家发展改革委、财政部关于加强生物燃料乙醇项目建设管理，促进产业健康发展的通知》、《成品油市场管理办法》、《国家发展改革委关于风电建设管理有关要求的通知》（2009 年底，国家发改委颁布了关于取消风电工程项目采购设备国产化率要求的通知）、《风电场工程建设用地和环境保护管理暂行办法》等。

第三，国家或者有影响力的行业标准。如《民用建筑太阳能热水系统应用技术规范》、《柴油机燃料调和用生物柴油》、《变性燃料乙醇》、《车用乙醇汽油》等。

第四，通过开展检测和认证体系建设，提高可再生能源技术和产品质量，国家认证认可监督管理委员会已经授权若干家认证机构开展风力发电、太阳能发电、太阳能热水器的系统和部件的认证。同时国内大的国家项目也开始将认证产品列为必备条件。

引导和拉动市场类的产业政策包括如下方面。

第一，市场引导和拉动政策。如发改委颁布了《可再生能源产业发展指导目录》以及各类与财税和可再生能源基金挂钩的各类激励政策，包括 2009 年启动的配额制研究等。

第二，实施国家级重大计划和示范项目。截至 2009 年底，共实施了 6 期特许权招标，大大推动了风电的发展，在取得成功经验后特许权招标的形式又应用到大规模并网光伏电站和海上风电项目开发中，目前已经开展了 2 期光伏电站和 1 期海上风电特许权招标，提高了项目和电价的竞争性和市场性。自 2009 年，多部委联合指导和组织实施了"金太阳"工程、"绿色能源示范县"、"新能源示范城市"等国家计划和示范项目。财政部、科技部、国家能源局联合发布了《关于实施金太阳示范工程的通知》，决定综合采取财政补助、科技支持和市场拉动方式，加快国内光伏发电的产业化和规模化发展。三部委计划在 2～3 年内，采取财政补助方式支持不低于 500MW 的光伏发电示范项目。2011 年财政部、国家能源局和农业部联合发布了《绿色能源示范县建设补助资金管理暂行办法》的通知，加快农村可再生能源开发利用步伐，优化农村能源结构，推进农村能源清洁化和现代化，改善农民生产生活条件。在"十二五"期间，国家能源局提出在城市层面，将建设 100 座新能源示范城市，推动新能源在城市的开发利用和示范应用。

1.2.5 支持研发的政策

中央政府对新能源与可再生能源研究开发政策主要体现在两个方面：一方面资助新能源与可再生能源的研究和开发，给予了大量的补贴；另一方面支持新能源与可再生能源的发展计划，制定并实施了如上所述的重大计划和示范项目。国务院 2006 年颁布了《国家中长期科学和技术发展规划纲要》，提出风能、太阳能、生物质能等可再生能源技术取得突破并实现规模化应用，并实施激励企业技术创新的财税政策，促进自主创新的政府采购，实施知识产权战略和技术标准战略，实施促进创新创业的金融政策等。

国家"十一五"科学技术发展规划，明确把清洁能源技术列入重点任务，把大功率风电机组研制与示范作为资源领域的重大项目。提出要研制 2～3MW 风电机组，建设近海试验风电场，形成海上风电技术。攻克 2MW 以下风电机组产业化关键技术，实现产业化。形成大型风力发电机组检测认

证体系等

2007 年 4 月，发改委颁布了高技术产业发展"十一五"规划中提出，"发展可再生能源、新一代核能、氢能等新能源是我国能源发展战略的重要组成部分。加强成套技术的开发和产业化示范，提高新能源产业的技术装备水平，为产业发展提供技术支撑"。要大力发展可再生能源。加强政策扶持和投资导向，重点开发高效、低成本的成套可再生能源技术。积极推进 2WM 以上风力发电机组及其关键部件研制和产业化，开展大型风电机组的商业示范。进一步推动高热效率和光电转换效率的新型太阳能发电产业的发展，实现规模化发电。发展太阳能建筑一体化设备。积极开发利用地热能和海洋能的技术和装备，扩大推广应用等。

在这些研发政策支持下，国家能源局、科技部、财政部等部委通过"绿色能源示范县"、"金太阳工程"、"新能源城市"以及国家"863"、"973"等科技攻关项目大大支持了关键技术的研发、示范推广和商业应用。一些国际机构和组织也结合这些关键技术领域通过多变和双边合作项目支持了技术创新和研发，例如世行可再生能源规模化发展项目支持的风机国产化项目，与国内科技攻关的资金共同支持了 3MW 海上风电的研发；中丹风电发展项目支持了以东北电网为试点的并网技术的研究；中丹可再生能源发展项目还将支持我国和丹麦（欧盟）开展以技术创新为目的的合作。这都对推进我国可再生能源总体技术进步，增强产业竞争力起到了重要作用。

从配套法规规章的制定情况来看，可以说我国可再生能源法实施框架已基本形成。但是，目前在可再生能源产品定价、补贴机制，以及项目的审批制度等方面仍存在需要进一步完善的工作。

1.3 管理框架

从我国法律实施的总体情况以及可再生能源法实施情况来看，目前我国已经初步形成一个由国家权力机关监督、行政部门实施和监督、社会实施和监督三方面所构成的实施和监督体系。

从国家权力机关监督的情况来看，各级人大常委会和有关专门委员会可以通过执法检查、听取政府部门汇报、专题调研和检查等方式，跟踪检查法律实施情况，督促有关行政部门有效实施法律。目前全国人大环资委以及地方人大的负责环境资源和财经工作的专门委员会承担有关具体的检查监督工作。

从行政实施和监督的情况来看，目前国家发改委和地方发改委以及国家能源局是可再生能源法的主要法律实施部门，同时财政、科技、技术监督等部门分别按照法律和行政职责，行使一定的法律实施职能。目前国务院有关可再生能源实施和监督管理的机构见表3。

表3　目前国务院有关可再生能源实施和监督管理的机构

分　类	机　构
综合管理机构和部门	国家能源局 国家发展和改革委员会 财政部 科学技术部
专业管理部门	工业和信息化部 农业部 住房和城乡建设部 环境保护部 国家质量监督检验检疫总局 国家林业局 我国气象局 国家统计局
独立监管机构	国家电力监管委员会

从社会实施和监督的情况来看，近年来，民间组织逐步成为法律实施的重要监督力量。在一些关注环保和能源的民间组织，包括企业协会和环境民间组织中，有一些对可再生能源开发利用给予很大关注（见表4）。这些团体一方面对风电、太阳能利用和生物质能利用给予积极支持，另一方面对水电快速开发所带来的生态破坏给予高度关注，推动社会各界参与有关政策、规划的制定。目前这些关注可再生能源的主要是三个方面的组织：一是代表可再生能源产业的协会和团体，包括全国工商联、我国资源综合利用协会可再生能源专业委员会等；二是有关可再生能源的学术团体和组织，包括可再生能源学会、环境科学学会等；三是民间环保组织，通常都有有关可再生能源方面的专项活动。另外，国际环保组织在我国可再生能源发展中也发挥了重要的推动作用。

表 4　我国相关社会团体和民间组织

机　构	下属机构
中华全国工商业联合会	
中国可再生能源学会	太阳能热利用专业委员会 太阳能光伏专业委员会 太阳能光化学专业委员会 太阳能建筑专业委员会 风能专业委员会（中国风能协会） 生物质能专业委员会
中国农村能源行业协会	小电源专业委员会 沼气专业委员会 生物质能转换技术专业委员会
中国能源企业管理协会	
中国农业环境保护协会	
中国能源研究会	
中国资源综合利用协会可再生能源专业委员会	
中国水力发电工程学会	
中国节能协会	
中国再生资源回收利用协会	
中国水利学会（CHES）	
中国环境科学学会	
中国环境保护产业协会	

　　从当前来看，公众参与和社会监督已经起到了积极作用。有关组织积极参与可再生能源法律、配套法规、技术规范和规划的研究论证，参加可再生能源的宣传教育活动和一些项目的组织实施，为有关法律、政策和规划出台及实施作出了重要贡献。

2 新形势下的机制和政策调整

2.1 可再生能源发展面临的新形势

2.1.1 能源发展新形势和趋势

我国能源发展取得了巨大的成就，但能源发展受经济发展要求、能源利用技术、资源禀赋条件、多元化能源市场、环境生态制约等影响，也同时面临着诸多深层次的问题、矛盾和挑战，尤其是进入 21 世纪以来，迅速增长的能源需求使我国能源供给不足问题日益凸显，大量的化石能源消耗带来严重的环境污染和生态破坏，同时，温室气体排放问题已使中国成为各方面关注的焦点，面临来自发达国家和发展中国家的双重压力，对未来能源的可持续发展提出了更高的要求。

（1）能源需求增长过快，未来经济社会发展对能源供应提出了更高要求

改革开放以来，我国经济持续高速增长，能源消费也随之持续增长。为了解决能源短缺问题，能源行业进行了一系列的改革，解决了投资瓶颈问题。加入世界贸易组织使我国加快了进入经济全球化的进程，能源需求出现超高速增长，尤其是 2003～2010 年，我国能源消费增长速度平均超过 9%，远远高于同期世界不到 2%的增长速度。2010 年我国超过美国成为世界第一能源消费大国。

市场化改革的深入，使我国的能源供应增长紧跟需求的拉动，能源和相关高能耗原材料以及能源装备制造业成为投资的热点。我国能源消费总量在未来相当长的时期内，仍将持续增长，化石能源资源制约问题将更为显著。

（2）建设两型社会对能源服务质量提出了更高要求

今后我国的国民经济将进一步向集约化、注重效益发展，整个社会的发展方向也将向关注民生、关注幸福指数、增加人民富裕程度、增加保障能力的方向发展。因此，经济和社会发展不仅仅对能源供应总量提出了要求，同

时要求能源服务质量也必须大幅度提高，对石油和天然气等优质能源资源以及对可再生能源等清洁能源的需求已经并将继续大为增加。

（3）环境约束不断强化，必须发展清洁低碳能源

根据国际能源署（IEA－2008）的数据，我国 2006 年能源活动导致的二氧化碳排放总量占全世界排放总量的比例达到 20.13％，美国的比例为 20.35％。近两年我国温室气体的排放仍然以较高速度增长，已经成为世界最大的二氧化碳排放国。而且我国温室气体排放的增量在全球温室气体排放增量中占有较大的份额。按照目前的能源发展趋势，未来我国能源利用的二氧化碳将仍然是全球二氧化碳排放增加的重要贡献者。我国温室气体排放的大量增加，已经引起世界各国的关注，要求我国尽快控制温室气体排放的呼声已经从发达国家扩展到不少发展中国家。从发展趋势上看，我国必须尽早行动，大幅度提高可再生能源的份额，以更早地实现能源领域碳排放的零增长。我国需要把控制碳排放作为能源战略的重要制约条件。

（4）优化能源结构，实现能源多元化、清洁化和低碳化面临多种挑战

在过去的几年时间内，由于能源需求的高速增长，能源结构优化路径也呈现出波动，煤炭占比出现了反弹的情况（2005 年煤炭占比为 70.8％，2006、2007 年上升到 71.1％，2008、2009 年下降到 70.3％和 70.4％，2010 年又下降到 70.0％）。因此，我国在优化能源结构、实现能源多元化、清洁化和低碳化方面面临诸多挑战，这些挑战主要体现在目前的能源行业结构、企业结构、产业准入制度和监管体制机制以及法律法规不能适应能源的多元化发展等方面。要显著提高可再生能源开发利用的绝对量，使其在未来 10 年内在仍保持高速增长的能源消费中占据更大的份额，就需要在这些方面做出变革和调整。

2.1.2　可再生能源在未来能源系统中的地位和作用

我国可再生能源在未来能源系统中将占据越来越重要的地位，发挥重要的作用。

"十二五"期间，可再生能源在新增能源中的占比将达到 28％～45％，总体上占据约 1/3 的份额，其份额将低于煤炭，但高于油气，成为新增能源

中的主力能源。

"十三五"期间，可再生能源在新增能源中的占比将达到 $30\% \sim 54\%$，总体上占据约 40% 的份额，其份额不但将超过煤炭，还将超过油气，成为新增能源中的主导能源。2020 年后，可再生能源在新增能源系统中的作用将更为明显，有可能在 2030 年后，新增能源的 90% 以上都来自于可再生能源。

2.1.3　可再生能源战略目标对其发展提出的新要求

《可再生能源中长期发展规划》首次明确提出了可再生能源的占比要求，但由于考虑到 2005 年前后的经济发展状况以及节能减排需求，对于国家 2010 年和 2020 年能源需求预测过于乐观，因此提出了 2010 年可再生能源占比达到 10%、2020 年可再生能源占比达到 15% 的目标，占比目标基于的能源需求是 2020 年需求量为 $30 \times 10^8 \mathrm{tce}$。在这样的需求情景之下，规划提出的具体分项技术目标是：水电 2010 年装机达到 $1.9 \times 10^8 \mathrm{kW}$，2020 年达到 $3 \times 10^8 \mathrm{kW}$；风电 2010 年装机达到 $500 \times 10^4 \mathrm{kW}$（《"十一五"可再生能源规划》中调整为 $1000 \times 10^4 \mathrm{kW}$），2020 年达到 $3000 \times 10^4 \mathrm{kW}$；太阳能发电 2010 年和 2020 年分别达到 $30 \times 10^4 \mathrm{kW}$ 和 $180 \times 10^4 \mathrm{kW}$；生物质发电 2010 年和 2020 年分别达到 $550 \times 10^4 \mathrm{kW}$ 和 $3000 \times 10^4 \mathrm{kW}$；生物液体燃料达到 $220 \times 10^4 \mathrm{t}$ 和 $1200 \times 10^4 \mathrm{t}$。

在完成情况方面，从单项技术角度，到 2010 年我国各项可再生能源都完成了规划目标，个别领域如风电、太阳能发电、太阳能热水器等大大超额完成，例如风电装机超过了 $4000 \times 10^4 \mathrm{kW}$，是规划目标的 10 余倍，太阳能发电超过 $80 \times 10^4 \mathrm{kW}$，是规划目标的近 3 倍，水电也以 2 亿多的装机容量超额完成。但从比例上看，由于 2010 年实际能源消费量超过了规划中的 2020 的能源需求预测量 8%，因此，2010 年可再生能源占比目标没有达到规划中的要求。即使将核电的贡献加上，2010 年可再生能源在能源消费中的比例也只为 9.9%，接近 10%。

未来我国能源需求还将持续增长，但增速将取决于经济增长速度、经济方式的转变以及节能减排的执行效果，预期能源需求为 $45 \times 10^8 \sim 55 \times 10^8 \mathrm{tce}$，因此，实现可再生能源战略目标，需要届时可再生能源的贡献量为

$6.75 \times 10^8 \sim 8.25 \times 10^8$ tce。而如果从化石能源需求控制角度考虑，则可再生能源的贡献量至少需要 10×10^8 tce。这就意味着，经济的发展对各项可再生能源技术及其开发规模等提出了更高的新要求。基本上，到 2020 年，各种情景下的可再生能源目标如下。

（1）风电

风电并网、输送和消纳问题需要解决，风电的利用规模要达到 $1.6 \times 10^8 \sim 2.5 \times 10^8$ kW。

（2）太阳能发电

成本和经济性仍是主要制约因素，光伏发电也需要考虑并网、输送和消纳问题，太阳能利用规模达到 $0.5 \times 10^8 \sim 1 \times 10^8$ kW。如果能够在 2015 年前后实现成本的进一步下降，可以再提高太阳能发电的规模，如达到 2×10^8 kW 左右。

（3）太阳能热利用

需要从政策上加以引导、以进一步扩大应用领域和应用范围，到 8×10^8 m² 甚至更高的利用规模。

（4）生物质能

需要考虑资源、经济性、技术选择、生态影响、环境影响等，协调发展多项技术，使其的能源贡献量达到 1×10^8 tce 以上。

2.2 问题和挑战

2.2.1 体制和机制方面的挑战

可再生能源资源种类多，并且对于单一技术，利用技术路线以及技术水平、发展所处阶段、发展规模参差不齐，因此需要解决的问题，包括近期、中期和长期可能需要解决的问题有一些有共性，但大部分不一样。在当前的和未来经济发展、能源需求增长、环境和气候变化压力日益增大的形势下，需要今后 10 年内可再生能源的利用规模以数倍于能源消费总量增长的速度增加，并为 2020 年后可再生能源的开发利用规模继续增加，成为新增能源的主力军打下基础，因此，总体上，可再生能源大规模发展面临着如下的共性的新挑战。

2.2.1.1 资源方面的挑战

化石能源存在资源限制和枯竭问题，但可再生能源虽然不存在资源枯竭问题，但资源限制因素仍普遍存在。如，水能，我国水能的理论蕴藏量、技术可开发量和经济可开发量分别为 $7 \times 10^8 \mathrm{kW}$、$5.4 \times 10^8 \mathrm{kW}$ 和 $4 \times 10^8 \mathrm{kW}$，如果 2020 年的开发规模达到 $3.5 \times 10^8 \mathrm{kW}$ 以上，则不但除西藏地区外的有条件的水电基本开发完毕，在 2020 年前后也要开始规模开发藏区水电；由于土地资源以及生物品种生态问题等限制，目前关于生物质能的资源供应量的评价普遍认为，资源量最多在 $8 \times 10^8 \mathrm{tce}$ 以内；风能、太阳能等从理论上看资源量巨大，但如果考虑土地以及其他技术因素，其资源利用也有一定的限制。此外，从资源保障角度，除了水能外，我国已经开展的可再生能源资源评价工作还远远不够，风能资源评价有了一些基础，但太阳能、生物质能、地热、海洋能等资源评价没有系统的研究，甚至难以做到科学支撑宏观决策，更不能支持具体的项目规划和建设。

2.2.1.2 技术方面的挑战

目前除水电技术外，我国可再生能源在技术研发和创新能力方面仍较为落后。主要表现如下。

（1）缺乏强有力的研究技术支撑平台。在非水可再生能源方面，我国科研院所目前大多数改制成为企业或企业化管理，和国外可再生能源发展的大国相比，没有建立国家主导的可再生能源实验室和公共研究平台，用于支持科技基础研究和提供公共技术服务；而核能虽然国内研究院所众多，但在核电先进技术研发和推广方面，与国外核电发展先进国家相比，在技术支撑上仍有很大差距。

（2）技术发展缺乏清晰的指导思路。美国、欧盟、日本等国编制和修订了各类可再生能源发展的技术路线图，指导研究机构和企业的发展，我国至今在可再生能源领域尚无清晰的技术发展路线和长期的发展思路，许多领域技术仍处于跟在国际社会后面模仿的状况，没有制定自主研发和创新的方向。

（3）资金支持明显不足。资金投入是长期的问题，国家投入不足是核电和非水可再生能源技术进步不够快的主要原因之一，虽然近年来投入逐渐加大，但无法和技术领先的发达国家相比，尤其是在人才上的投入过少。

（4）没有建立起技术研发的长效机制。现有的科研体制通常"请神不修庙"，重视学术带头人而不是学科和平台等长期的队伍建设；而财政支持方式多数"栽树不浇水"，国家建立了若干实验室、工程中心、研发中心等，大都是一次性扶持，并没有制定连续、滚动的研发投入计划。

2.2.1.3 产业基础方面的挑战

我国可再生能源产业基础发展不均衡，存在多个短板。目前可再生能源中有部分技术已经具备了比较好的产业基础，但大部分则产业薄弱或者存在各种各样的问题。如水电，无论是在技术水平上还是在规模上都已经位居世界前列，未来发展的重点是提升技术和装备水平；"十一五"期间，风电和光伏发电产业壮大，从生产规模上已世界领先，但不掌握核心技术和装备，普遍处于"加工"状态。

因此，和国外相比，我国发展可再生能源的产业基础并不够稳固，综合表现如下。

（1）产业基础弱，国外可再生能源产业通常有 20～30 年的技术积累和企业界发展的经验，如日本的光伏制造业和丹麦的风机制造业，有厚积薄发的基础。我国近年来产业的快速发展建立在国内外资金快速投入的基础之上，没有长期、持续的基础性技术研发为后盾，尤其是光伏产业和大型风机制造业，不掌握核心自主知识产权的技术，造成企业抵御国际竞争和抗风险的能力很弱。

（2）没有形成完整的产业链条，除了技术研发滞后之外，还在设计技术、关键设备的制造以及原材料供应方面存在着严重的制约瓶颈，例如大型风电设备的设计技术、风机叶片所需的碳纤维、生物质发电关键设备，新型生物液体燃料所需要的生物酶等核心技术等。

2.2.1.4 政策和机制建设方面的挑战

虽然我国已经出台了多项促进核电、水电发展的政策，颁布了《可再生能源法》和几十项相应的政策，制度建设较为全面，但是由于能源发展形势的快速变化，这些政策的制定没有考虑可再生能源发展目标，或者对实现可再生能源目标的政策需求考虑严重不足，因此尚需要在许多方面加以改进，主要如下。

（1）缺乏统一协调机制。目前虽然提出了可再生能源发展的占比目标，但长期以来，我国可再生能源的管理、战略、规划和政策被割裂，具体分别落实在核电、水电和非水可再生能源上，而即使从可再生能源单一技术上看，规划、项目审批、专项资金安排、重大科技项目和示范等职能不仅仅在国家能源局，还涉及国家发改委、财政部、科技部等多个部门。没有一个部门能够统筹可再生能源的行政管理，统一负责和协调有关资源普查、规划，统一负责重大科技研究、技术示范和推广，统一负责扶持产业发展、项目审批、价格制定等事项。这在某种程度上使得可再生能源发展目标、配套措施与其实施之间发生脱节。

（2）决策机制和法律体系有待进一步完善。目前一些规划、政策制定和项目决策仍缺乏科学性和公开透明性，导致在发展战略制定、技术路线选择、体制机制改革等重大事项上认识不统一。可再生能源涉及的各项法律出台的时间差距大，法律法规之间还存在矛盾以及不适合发展形势需要的情况。

（3）能源体制和机制不能适应发展需要。为了配合可再生能源的发展，需要对现有的能源系统、电力系统在技术、管理和机制上的多种创新，如，需要重新调整可再生能源发电定价机制，需要调整电力系统运行方式、管理体制，需要调整垄断企业的责任、权利和义务等，需要增加能源和电力市场监管内容和调整机制等。

2.2.2　技术发展的问题和挑战

各种可再生能源技术之间的技术基础、产业现状以及面临的问题和困难差别很大。除了在协调机制、决策机制、技术和产业基础等方面的普遍问题外，2020年能源贡献量较大的可再生能源技术发展面临的问题和挑战分述如下。

（1）风电

一方面由于风能资源和电力负荷中心区分布不匹配，另一方面，由于我国风电增长过快，而电力规划和建设滞后，因此，目前风电消纳和远距离输送已经成为风电开发最大的挑战，并且这一挑战至少还要持续到 2020 年（在此之前，大规模储能技术商业化应用的难度大）。需要统筹协调风电和电力规划、项目建设和消纳方案，此外，还需要建立为风电消纳和远距离输送服务的电价机制或者费用补偿机制。

（2）太阳能发电

太阳能发电目前大规模推广存在的最大障碍仍是其经济性问题，并且提高太阳能发电的经济性将是长期任务。虽然光伏发电的成本在近三年实现了大幅度下降，但是，光伏发电要达到"平价上网"（即光伏上网电价和煤电上网电价持平）这一重要目标仍然有较长的路要走。即使不与煤电相比，而仅仅与同为可再生能源的风电相比，要使光伏发电达到与风电上网电价持平的水平，国内光伏发电系统的投资水平也需要在目前（2011 年）的基础上再降低一半左右。

太阳能光伏发电与风电一样存在不稳定的问题，虽然与风电相比，目前光伏发电的规模很小，但从发展趋势看，我国太阳能发电有可能沿着风电的发展轨迹（可能比风电晚 5 年左右），因此，如果 2020 年太阳能发电达到 $0.5 \times 10^8 \sim 2 \times 10^8$ kW 的规模，同样将面临严峻的消纳和远距离输送问题。

（3）太阳能热利用

在可再生能源中，太阳能热利用得到的政府重视相对不够，也缺乏有针对性的经济激励政策。

目前太阳能热利用基本仅限于低温的太阳能热水器，而对于大的太阳能热水系统应用（主要指与建筑相结合的应用技术和太阳能空调等）、太阳能热的中高温利用，既没有形成规模，国家也没有提出明确的发展路线，更缺乏政策的支持。

（4）生物质能

可利用资源和总体发展潜力仍不明朗。目前在"可规模化种植的能源作物和能源林的产量（土地资源和单位产量）"上，还没有开展深入、细致的调查，从而获得科学、一致的结论。对资源总量比较可靠的农作物秸秆和林业废弃物等，还没有将能源用途和既有的用途做细致的资源评价以及规划。

生物质利用技术种类多，而一些技术在生物质资源利用方面具有竞争性，因此，需要在资源科学评价的基础上，制定国家级生物质能技术发展路线图。此外，对新兴生物质能技术研发的投入不够，主要对以纤维素生物质为原料制取生物液体燃料（如纤维素燃料乙醇）、生物质合成燃料和裂解油，还有能源藻类、微生物制氢技术的研发重视不够，投入少。国家级生物质能技术研发中心缺失。

2.3　政策与机制调整

2.3.1　主要调整方向

根据上述存在的问题、面临的挑战的分析，实现可再生能源发展目标，需要从法律体系、各类政策机制、管理体制等方面进行一系列的创新。

从法律体系角度，必须正视和重视可再生能源在未来能源系统中的作用，并对于其在近期、中期、长期、远期的作用予以准确定位，通过完善法律法规体系予以保障。

从管理体制角度，需要考虑可再生能源发展的实际的新需求，重新整合能源管理体制并完善监管机制。

在政策机制方面，针对各类可再生能源技术，一些需要创新，一些也需要调整。主要是：建立资源税、环境税、碳税机制等，可选择单一机制，也可选择组合机制，目的是将化石能源的环境成本内部化，降低化石能源不合理的经济性，促进可再生能源的利用。

落实可再生能源全额保障性收购制度，可通过配额制、绿色证书交易制度或者其他强制性制度，保证非水可再生能源发电的上网、消纳和远距离输送。

其他可进入流通领域或者可作为商品能源的可再生能源，如生物液体燃料等，可实施类似消纳可再生能源发电的政策和机制，在规定的范围内强制接受和收购。

建立适合发展需要的价格机制。风电、太阳能发电、生物质发电价格政策目前各不相同，而随着其应用规模的扩大，必须解决机制的统一或者说原则的统一问题，如化石能源的外部性如何考虑，依据成本定价还是依据市场定价，至少需要给出明确导向，以推动可再生能源的规模化发展。但总体看，依据市场定价应是努力的方向。必须建立可再生能源消纳和远距离输送服务的电价机制或者费用补偿机制。

2.3.2 主要建议

可再生能源涵盖的技术种类较多，各类技术处于不同的发展阶段。同时，我国可再生能源发展被赋予了多重发展目标，在这些目标的实现过程，每种技术所面临的问题也不同，因此靠单一政策难以达到预先的设想，因此，客观上需要出台不同的政策，且各类政策能相互配合，构成一套完整的政策体系，满足可再生能源可持续发展的需要。

（1）基本原则

可再生能源政策体系的设计应明确几个基本原则，目的是确定政策在政策体系中的基本取向。

根据国外可再生能源产业发展的经验和做法，并结合我国可再生能源发展的实际，新的形势下可再生能源政策体系设计应遵循以下原则。

强调政府在可再生能源不同发展阶段的作用。由于可再生能源技术的研究和开发的投入较大，初期利用成本较高，多数技术相对于其他传统能源竞争力较弱，需要政府提供支持。支持的重点应集中在技术的研发活动及新技术的示范和推广方面。在技术成熟后，政府则应采取补助生产者和用户的方式推动市场规模的扩大，引导社会资金投向可再生能源领域，促进可再生能源的商业化和规模化发展。

强调以法律法规为基础明确可再生能源的地位和作用。国外在发展可再生能源的过程中，一条主要经验就是采取各类法律手段保证政策目标的实现。从国内情况看，以立法形式推动可再生能源产业发展也取得了明显的效果。我国在 2005 年通过了《可再生能源法》，以该法为基础，一系列支持可再生能源发展政策的出台，极大推动了我国可再生能源的发展。国内外实践证明，立法手段能有效推进可再生能源产业的发展。今后，我国还将继续对原有的法律进行修订和完善，并适时出台新的法律法规。

强调发展战略和发展规划的作用，以目标引导可再生能源市场发展。

2007 年，我国先后颁布了《可再生能源中长期发展规划》和《核电中长期发展规划（2005—2020）》，但至今还没有正式出台能够指导可再生能源发展的国家级的能源发展战略。今后需要根据可再生能源发展实际对相关规划目标进行调整，同时出台相应的发展战略，充分发挥国家目标对市场的引导作用。

注意将供给政策与需求政策相结合。政府出台的能源政策，一方面应通过大力支持可再生能源技术的研发和试验，补贴可再生能源的供应者，增加技术和能源供应能力。另一方面，应通过政府采购和补助使用者等政策，培育国内可再生能源市场。

采取措施实现外部效益和成本的内部化，提高可再生能源的竞争力。一方面，通过资助研究开发、成本补贴、减免税、提高收购价格等政策，实现可再生能源外部效益的内部化，使民间供应者能够盈利。即使其他能源价格较低，也要保持新型能源的价格优势，使相关投资者的收入不受影响。另一方面，通过提高资源使用环节税和环境污染税等将使用污染能源的社会成本内部化。如开征二氧化碳排放税等，增加常规能源的使用成本，提高清洁可再生能源的市场竞争力。

推动可再生能源产业体系的形成。为了促进可再生能源技术进步和产业化发展，许多国家都十分重视相关的人才培养、研究开发和产业体系建设，建立专门的研究机构，开展科学研究、技术开发和产业服务等工作；加强软件基础设施建设，通过制定相关标准促进技术应用和推广，实现可再生能源产业化、规模化发展。

引入新的发展机制，提高政策的可操作性。我国立法体制与国外不同，与可再生能源相关的立法基本是框架法，确定的许多制度都无法直接落实，需要通过引入相关机制来增强立法的执行效果。

（2）路径选择

我国可再生能源政策体系的建立应强调制度建设，强调体制机制创新，但可再生能源政策体系的建立不能脱离现有的能源政策框架，只能在现有能源政策基础上进行完善与发展。因此，建立可再生能源政策体系有以下路径可供选择：

① 借可再生能源发展新形势推动能源体制改革；

② 出台新的法律法规；

③ 对不适应可再生能源发展新形势的法律法规进行修订、完善或者清理;

④ 对现有的政策和措施进行完善;

⑤ 制定新的政策和引入新的发展机制。

（3）完善法律法规

尽快颁布《能源法》。随着市场化改革的深入、工业化、城镇化进程的加快和消费结构升级，我国能源供需形势发生了很大变化，暴露出了能源发展进程中深层次的矛盾：能源资源约束与能源消费过快增长的矛盾，环境承载能力与能源开发利用中温室气体排放增加的矛盾，无序开发、浪费性地开发利用与资源优化配置、效率利用的矛盾等。从国际经验来看，为解决重大、复杂的能源问题，卓有成效地实施能源战略与政策，世界各国都十分重视运用法制手段，通过建立长效、稳定的制度和机制，来规范能源管理，缓解经济发展与能源供给、环境保护之间的矛盾，这对保障能源安全，提高能源效率，规范能源开发，促进环境保护，实现可持续发展以及形成有效的能源对策体系都发挥着举足轻重的作用。

虽然我国已经出台了一系列相关的能源法律，但至今还缺少一部符合我国特色社会主义体制机制和国情特点，从整体上体现国家能源战略和能源政策导向，合理衔接能源法规与外部法规，协调内部法规，对能源综合性、全局性和协调性的能源问题进行调整，保障资源节约型和环境友好型社会建设需要的核心法律制度。从完善现行的能源法规体系角度，着眼于解决我国中长期能源领域问题，促进能源的可持续发展，构建稳定、经济、清洁、安全的能源供应体系，均需要制定一部能源的基础性法律。

从推动可再生能源可持续发展的角度，需要《能源法》体现的方面如下。

进一步明确可再生能源发展有关的问题。包括：提出制约可再生能源产业发展的能源体制改革的原则性、方向性的规定；把能源的可持续发展作为立法目的之一；明确规定与可再生能源发展相关的制度与措施，如绿色电力制度、绿色能源标识制度、配额制度、能源科技制度等。

对《电力法》进行修订。现行的《电力法》1995 年底获全国人大常委会通过，并于 1996 年 4 月 1 日起实施。尽管其内容包括电力市场、电力监管、电力建设、电价与电费、电力生产与电网管理、电力供应与使用、农村电力建设和农业用电、电力设施保护、监督检查、标准化管理、反窃电等诸多方面，基本覆盖了电力领域各类业务活动，但经过2002年开始的电力体制改革，电力行业初步实现了政企分开和"网厂分开"，国务院电力主管部门（原国家经贸委）也已重组，成立了国家电力监管委员会。

在新体制下，《电力法》中规定的电力行政主体已不明确，客观上导致电力行政执法主体缺位。同时，《电力法》中缺乏对电力发展规划的法律保障，对大用户的直接交易、电力市场、市场价格形成机制等内容缺乏具体规定。特别是，《电力法》对可再生能源发电的规定有明显不足：首先，对利用可再生能源发电只进行了极为原则性的规定，而且将可再生能源发电只作为解决农村电力供应的手段。这与我国目前将可再生能源作为重要替代能源的总体能源发展战略不符；其次，对可再生能源发电上网的态度只是提倡，而且规定只有具有"独立法人资格"的电力生产企业才可以提供上网服务。

在修改《电力法》时，应充分体现可再生能源的发展需要，对利用可再生能源发电涉及的相关问题做出详细、明确的规定，以增强可再生能源发电的竞争优势，促进可再生能源的使用。

进一步对《可再生能源法》进行修订。2005年，我国颁布了《可再生能源法》，并于2009年进行了修订。但作为我国能源法律体系中的一部分，《可再生能源法》只是一部专项法律，而且受我国现行立法制度的制约，该法没有改变以往立法所固有的原则性和指导性特征；没有提出明确的、具有强制性的目标要求；没有提出明确的责任人和相应的处罚规定等。许多制度的建立需要随后颁布的许多部门法规，而部门法的制定存在只考虑本行业和部门情况，没有站在全局高度上考虑可再生能源发展问题，加剧了部门之间工作协调的难度，违背了原立法宗旨和原则。

此外，《可再生能源法》中也存在相互矛盾的内容，如法律表面赋予了国务院能源主管部门管理全国可再生能源发展的权力，但却把可再生能源的标准、价格、税收和财政补贴等调控权分散于其他政府部门，降低了能源主管部门对整个可再生能源的综合管理和宏观协调能力。上述问题的解决应在全面推进我国宏观管理体制特别是推进能源管理体制改革的背景下对《可再生能源法》进一步修订来完成。

（4）电力体制改革

我国 2002 年开始的电力体制改革初步完成了厂网分开和重组发电和电网企业的任务，但却没有形成以竞价上网为基础的新的电价机制，没有形成以环保折价标准为基础的激励清洁电源发展的新机制，没有根本改变电网企业独家购买电力的格局。

可再生能源发展的新形势为重新启动电力体制改革提供了契机。可再生能源发展要求我国的电力体制从以下方面获得突破。

价格改革方面。改变煤电价格偏低问题，使电力价格反映生态环境恢复成本、煤矿安全成本、煤矿转产成本等，实现外部成本内部化，保证新能源发电获得价格优势，加快我国能源结构的调整。

完善成本补偿机制，建立起反映市场供求关系、资源稀缺程度和环境损害成本的能源价格形机制，形成不同能源品种间合理的比价关系。

实施电价和费用分担政策，按照有利于可再生能源发展和经济合理的原则，制定和完善上网电价，并根据技术发展水平适时调整。

电网企业因收购可再生源发电量高于常规能源发电平均上网电价所发生费用，在销售电价中由全社会分摊。

此外，我国能源管理机构虽然经历多次改革，但迄今为止尚未形成一个独立的、统一的、权威的长期稳定的能源管理部门。针对可再生能源发展来推动政府能源组织管理体制改革重点应解决以下问题：扭转目前不能集中资金和力量实施重点突破，各部门、各行业不能在国家目标上形成一致和分工合作的局面；改变当前政府管理重点集中于前置性审批环节，如侧重于投资、价格、生产规模等经济性管理，而对于项目的事中、事后监督与管理以及对环境、安全、质量、资源保护等外部性问题的监管相对较弱，存在重审批轻监督、重生产轻消费、重供应轻节约的现象。此外，应改变由于能源管理和监管分散在不同部门，各部门之间目标和步调不一致，政策针对性不强，无法形成政策合力，影响了政策的整体效果的现象。

2.3.3 现有政策和措施的调整和完善

（1）可再生能源专项资金政策的调整和完善

2006 年 6 月 28 日，国家发展改革委颁布《关于调整各地区电网电价的通知》，明确了按照可再生能源法和《可再生能源发电价格和费用分摊管理试行办法》（发改价格［2006］7号）的要求，向除农业生产用电外的全部销售电量、自备电厂用户和向发电厂直接购电的大用户收取人民币0.001元/（kW·h）的可再生能源电价附加。可再生能源电价附加计入电网企业销售电价，由省（区）电网企业收取，单独记账、专款专用。2008年6月30日，国家发改委上调电价，其中可再生能源附加从原先的0.001元增加为0.002元。2009年11月18号，国家发改委再次调整了可再生能源附加的标准。

根据可再生能源发展需要，按照《可再生能源法》和《可再生能源发电价格和费用分摊管理试行办法》的有关规定，将可再生能源电价附加标准提高到0.004元/（kW·h）。然而，随着我国可再生能源，特别是风电发展规模的迅速扩大，以目前附加标准征收的资金已经不能满足可再生能源补贴增长的需要。如果我们把完成2020年可再生能源占能源消费量15%的目标必须相应提高可再生能源发展速度的因素考虑在内，则资金补贴需求量还会提高，因此，进一步调高可再生和能源电价附加标准是必须推进的工作。

2009年，在新修订的《可再生能源法》中，将原来的"可再生能源专项资金"改为"可再生能源专项基金"，进一步扩大对可再生能源资金支持。资金来源包括国家财政安排的专项资金和依法征收的可再生能源电价附加收入等。加快出台《可再生能源专项基金管理办法》，落实《可再生能源法》有关设立可再生能源发展基金的要求，满足未来可再生能源大规模发展对补贴资金的需求必须提前做好各项协调工作。

（2）税收优惠政策的调整和完善

税收优惠一直是我国推动可再生能源产业发展的主要手段。例如，2001年，颁布《关于部分资源综合利用及其他产品增值税政策问题的通知》（财税［2001］198号）中，对"利用风力产生的电力"实行增值税即征即退50%的优惠政策。2005年国家《产业结构调整指导目录》将风力发电列入鼓励类目录。2006年，《国务院关于加快振兴装备制造业的若干意见》（国发［2006］8号）将大功率风力发电机列入16个重大技术装备关键领域中，财政部将会同发展改革委等部门制定专项进口税收政策，对国内生产企业为开发、制造这些装备而进口的部分关键配套部件和原材料，免征进口关税或实行先征后返，进口环节增值税实行先征后返。

2008 年，在《财政部关于调整大功率风力发电机组及其关键零部件、原材料进口税收政策的通知》（财关税〔2008〕36 号）中，规定了自 2008 年 1 月 1 日起，对国内企业为开发、制造大功率风力发电机组而进口的关键零部件、原材料所缴纳的进口关税和进口环节增值税实行退税；自 2008 年 5 月 1 日起，对新批准的内、外资投资项目进口单机额定功率不大于 2.5MW 的风力发电机组一律停止执行进口免税政策。2008 年颁布的《关于执行公共基础设施项目企业所得税优惠目录有关问题的通知》（财税〔2008〕46 号）中，对符合国家《公共基础设施项目企业所得税优惠目录》要求的企业实行所得税三免二减政策，目录中包含了风力发电的新建项目。在生物质能领域，我国也制定了一些税收优惠政策，促进生物质能产业的发展，如对生物质能技术的产品进口采用低税率；对人工沼气的增值税按 13 ％ 计征等。

随着国内可再生能源产业的发展，上述政策也需要进行完善和调整：一是，扩大技术范围，将所有鼓励发展的可再生能源技术包括在内；二是，调整税收优惠比例，调低国内已经形成产业化发展能力的技术和产品的税收优惠比例，相反，调高需要重点支持的技术和产品的税收优惠比例。

（3）财政补贴政策的调整和完善

财政补贴政策是我国支持可再生能源产业发展通常采用的经济激励政策。例如，2006 年 9 月，财政部、国家发展和改革委员会、农业部、国家税务总局和国家林业局制定了《关于发展生物能源和生物化工财税扶持政策的实施意见》（财建〔2006〕702 号）。在《实施意见》中明确提出，国家将实施相应的财税扶持政策，其中，包括实施弹性亏损补贴、原料基地补助、示范补助和税收优惠等。

中央财政对符合相关要求和标准的林业原料基地补助标准为 200 元/亩，对农业原料基地补助标准原则上为 180 元/亩，从而为推动生物能源和生物化工产业的健康发展提供有力的保障（1 公顷＝15 亩）；2008 年 8 月，财政部颁布了《风力发电设备产业化专项资金管理暂行办法》，明确了风电设备产业化专项资金的补助标准和资金使用范围，对满足支持条件企业的首 50 台风电机组，按 600 元/kW 的标准予以补助，这是政府第一次安排中央财政专项资金支持可再生能源设备产业化，对风电设备产业起到了推动作用；

财政部于 2008 年 10 月 30 日印发了关于《秸秆能源化利用补助资金管理暂行办法》的通知。规定对符合支持条件的企业，根据企业每年实际销售秸秆能源产品的种类、数量折算消耗的秸秆种类和数量，中央财政按一定标准给予综合性补助（2008 年的补贴标准为 140 元/t 秸秆）；2009 年 3 月开始，对太阳能光电建筑项目实行补贴，实际补贴 13 元/W；2009 年 4 月，将太阳能热水器纳入家电下乡补贴的产品名单，中央财政对农村用户提供太阳能热水器产品销售补贴，补贴标准为产品销售价格的 13%；2009 年 7 月，国家实施金太阳能示范工程，对并网光伏发电项目按光伏发电系统及其配套输配电工程总投资的 50% 给予补助，对偏远无电地区的独立光伏发电系统按总投资的 70% 给予补助。

上述补贴政策在执行过程中遇到了诸多问题，如 2010 年美国针对我国风电设备和太阳能产品展开的"301"调查；"金太阳"示范工程出现的虚报瞒报现象；生物质能补贴政策无法落实问题等。上述问题说明，我国的财政补贴政策需要进一步调整和完善。

此外，为理顺我国风电基地的配套电网与调峰电源等基础设施建设的投资关系，改善电力市场的市场化环境，充分调动电网与其他电源企业的积极性，促进我国大型风电基地的健康可持续发展，还应尽快出台风电、太阳能发电等配套送出输变电工程及火电站、抽水蓄能电站、燃气电站等调峰电源补偿政策。

（4）固定上网电价政策的调整和完善

我国可再生能源发电上网电价一直处于完善和调整当中。例如，2006年 1 月 4 日，国家发展和改革委员会下发的《可再生能源发电价格和费用分摊管理试行办法》，明确生物质发电项目上网电价实行政府定价的，由国务院价格主管部门分地区制定标杆电价，电价标准由各省（自治区、直辖市）2005 年脱硫燃煤机组标杆上网电价加补贴电价组成。补贴电价标准为 0.25元/(kW·h)。

2007～2009 年，国家对纳入补贴范围内的秸秆直燃发电亏损项目按上网电量给予临时电价补贴，补贴标准为 0.1 元/(kW·h)，即总计可获得0.35 元/(kW·h) 的电价补贴。2010 年 7 月，国家发改委发布《关于完善农林生物质发电价格政策的通知》，规定对于未采用招标确定投资人的新建农林生物质发电项目，统一执行标杆上网电价 0.75 元/(kW·h)（含税）。

2009 年 7 月国家发改委出台了《关于完善风力发电上网电价政策的通知》，将全国根据风能资源情况分成了四类地区，相应地制定了四类地区的风电上网电价。四类资源区风电标杆电价水平分别为 0.51 元/(kW·h)，0.54 元/(kW·h)，0.58 元/(kW·h) 和 0.61 元/(kW·h)。固定上网电价的实施进一步有力推动了风电产业的发展。在太阳能光伏方面，虽然我国光伏产业界一直呼吁我国开始实施固定电价政策。但由于光伏市场变化迅速，光伏电池成本波动较大，目前实施还是一事一批的电价审批制度。

我国可再生能源发电上网电价政策需要调整和完善的方面是：对物质能固定电价应规定一个每年的递减比例；现行的四个风电区域固定电价还比较粗略，下一步应根据项目的实际运行情况进行调整，或者根据具体地区的资源情况将电价水平进行细分；对于太阳能发电，应继续实行招标定价的办法，待时机成熟后再出台固定电价。

（5）可再生能源入网标准的修订、补充和完善

以风电为例。风电场并入电网运行涉及无功补偿、低电压穿越、电能质量、运行方式、调峰能力等技术问题，这需要由设备制造、风电业主、电网等方面共同进行技术优化。电网出具接入系统方案时应提出对风电机组的技术参数要求，业主在设备采购中要满足电网的技术要求，但目前国家对机型的选择、接入电网技术要求、风电调度办法等没有完备的技术标准和管理办法，因而需要尽快修订、补充和完善风电入网技术标准和调度管理办法，调动电网接纳风电的积极性。

（6）制定新的政策和引入新的发展机制

制定新的政策和引入新的机制的目的主要是为了解决当前及未来可再生能源发展面临的问题。具体包括以下方面。

制定配额制政策，解决可再生能源上网和市场消纳问题。建立绿色电力市场，引入绿色证书交易机制和成本分摊机制，解决可再生能源成本高的问题。

研究出台资源税、能耗税、排放税、碳税等，推动化石能源成本内部化。上述税的开征目的是给市场主体明确鼓励可再生能源发展的市场信号，为可再生能源创造公平的竞争环境，最重要的是可以为新能源提供新的投资

来源。

建立新的价格形成机制，推动化石能源向市场化和规模化方向发展。新的价格形成机制应充分反映可再生能源的真正价值。以水电为例，水电电价总体水平偏低，相对与其他能源价格偏低 20%～60%，电价涨幅低于国内其他能源平中价格涨幅。成本传递关系未形成，煤电联动不到位，上网电价低，根本原因是水电价格形成机制不能充分反映水资源价值和移民补偿和环境保护成本。此外，应尽快研究并制订有利于风电等可再生能源发电消纳的上网侧和用户侧的峰谷电价政策，及时制定可再生能源发电配套送出输变电工程及各类调峰电源的上网电价政策。

（7）建立检测认证平台

国家级的设备试验平台和试验电厂的建设，是形成设备制造和核心部件自我设计能力及具有适合我国电网和电厂运营管理能力的必要手段和支撑。我国政府相关部门要尽快完善包括风电制造业在内的可再生能源国家级产品检测和认证制度，并借鉴国外的成熟做法，建立相关设备及零部件的测试平台，建立健全产品的测试、标准化、认证和安全体系，建立市场准入机制，避免低水平重复建设，鼓励企业消化并掌握核心技术，促进可再生能源的可持续发展。

3 风能

3.1 风能资源

我国风能资源丰富，总量与美国接近。在宏观层面，我国最早在 20 世纪 70 年代末由国家气象局首次做出我国风能资源总体计算和区划，此后又做了数次全国性的普查。近期，随着我国风电市场的扩大，有关风能资源评价工作得到进一步加强。随着气象知识、观测技术以及计算模式的不断完善，相比早期的研究，我国现阶段风资源普查结果的精度更高、范围更广、资料更全。

3.1.1 风能资源储量

截至目前，几个关于全国陆上风能资源的主要结论如下。

一，在 20 世纪 80 年代后期，国家气象局根据全国 900 多个气象台站实测资料（1980 年以前的观测资料）进行了第二次风能资源普查，结论为：我国陆地上离地面 10m 高度处风能资源理论储量为 $32.26 \times 10^8 kW$，技术可开发量为 $2.53 \times 10^8 kW$，其中"技术可开发区域"的定义为 10m 高度风能功率密度超过 $150W/m^2$ 以上的风能资源区域。

二，2004～2005 年，国家气象局开展了第三次全国风能资源普查，利用全国 2400 多个气象台站近 30 年的观测资料，对原来的计算结果进行修正和重新计算，结论为：我国陆地上离地面 10m 高度处风能资源理论储量为 $43.5 \times 10^8 kW$，技术可开发量为 $2.97 \times 10^8 kW$。

三，2003～2005 年，联合国环境署（UNEP）组织国际研究机构首次采用数值模拟方法对我国东部和近海 $300 \times 10^4 km^2$ 面积的区域进行了风能资源评估，并用 UNDP 在此区域设立的 10 个 70m 高测风塔的实测数据对数值模拟结果校正，再结合从 500 多个气象站中筛选出来的 170 多个气象站以及 60 多个已有测风塔资料，利用地理信息系统，推算全国 50m 高度的风能资源技术可开发量，结论为：在不包括新疆、青海、西藏和台湾的情况下，我国陆地上离地面50m高度处风能资源理论技术可开发面积约$28.4\times10^4km^2$，风能资源技术可开发量约14.2×10^8kW。其中"技术可开发区域"的定义为50m高度风能功率密度超过$400W/m^2$以上的风能资源区域。

2006～2007年我国气象局首次采用数值模拟方法对我国风能资源进行的评价，得到的结果是：在不考虑青藏高原的情况下，全国陆地上离地面50m高度处风能资源理论技术可开发面积约$28.4\times10^4km^2$，技术可开发量为26.8×10^8kW，"技术可开发"的定义也是按照为50m高度$400W/m^2$以上的风能资源计算。

2009年国家气象局进一步统一开展全国风能资源详查和评价工作，利用风能资源专业观测网以及国家气象局基本气象观测网2400多个地面气象台站的测风资料，通过我国风能资源评估的精细化数值模式系统（Wind Energy Assessment System，简称WERAS），得出结论：我国陆上离地面50m高度、风能功率密度大于等于$300W/m^2$的风能资源潜在开发量约23.8×10^8kW，主要分布在西北、华北和东北即"三北"地区以及沿海地区。

虽然现有的陆地风能资源评价总量上有差异，但所得出的我国风能资源的分布大体是一致的，即资源丰富地带及其分布特点都基本相同。在总量上形成较大差异的主要原因是：这些研究所采取的评价方法、数据来源、高度层等不一样，第二次和第三次全国风能资源普查都是依据气象站在离地面10m高度处的观测资料统计分析得到的，而数值模拟的结果考虑的都是50m的高度。如果简单地按照陆地风切变指数从10m高度估算，离地面50m和70m高度处陆地风能资源技术可开发量分别约为6×10^8kW和7×10^8kW。

综合现有的国内风能资源研究成果、实际可开发等限制性因素以及国际机构的研究结果，提出我国陆地风能资源的基本结论是：我国离地面10m高度处风能功率密度在$150W/m^2$及其以上的陆地面积约为$20\times10^4km^2$，理论储量在40×10^8kW以上，陆上理论技术可开发量约为$6\times10^8\sim10\times10^8kW$，见表5。

值得注意的是，上述结论是从宏观层面对我国的风能资源总量做出的估算，特别是"技术可开发量"仅仅是从资源的级别上进行区分，也仅对我国宏观风电的布局具有参考意义，实际可以开发的风能资源，将有赖于中尺度布局及更为细致的微观选址，特别是考虑地形、地表覆盖物以及实际电网条件，才能最终实现。

表5　不同机构测算我国陆上和海上风能资源的评估结果

测算机构	可利用面积 /$\times 10^4 \text{km}^2$	距地面高度 /m	技术开发量[1] /$\times 10^8 \text{kW}$	评估方法
陆上风电资源				
第二次普查 (90年代)		10	2.53	依据气象资料,按10m高度处的风能理论值的10%计算
第三次普查 (2007)	20	10	2.97	依据气象资料,按10m高度处的风能密度大于150W/m² 的面积推算
国家气象局 (2007)	54	50	26.8	采用数值模拟技术,对50m高度处风功率密度大于等于400W/m² 区域(不包括新疆、青海、西藏和台湾)按5MW/km² 布置风电机组计算
联合国环境署 (2004)	28.4	50	14.2	不包括新疆、青海、西藏和台湾;对我国东部沿海和内蒙等地区采用数值模拟,其他地区依据气象站资料。对50m高度处风功率密度≥400W/m² 的区域按5MW/km² 布置风电机组计算
能源研究所估算 (2007)	20		6~10	综合各方数据建议使用的数据,按20×10⁴km² 的可开发利用陆地面积,低限按3MW/km²、高限按5MW/km² 布置风电机组计算
国家气象局 (2009)		50	23.8	风能功率密度大于等于300W/m²,利用风能资源专业观测网及结合国家气象局基本气象观测网2400多个地面气象台站的测风资料,通过我国风能资源评估的精细化数值模式系统
海上风能资源				
中国气象局 (20世纪90年代)		10	7.5	依据第二次陆上风能资源普查结果,按海上是陆地资源的3倍计算
联合国环境署 (2004)	12.2	50	6	采用数值模拟技术,对风功率密度大于等于400W/m² 的区域计算
中科学院地理研究所(2006)	—	10	20 (储量)	利用遥感卫星数据进行数值模拟计算,得到距离海岸线2km处风能资源为4×10⁸kW;如距离10km,约为20×10⁸kW

续表

测算机构	可利用面积 /×10⁴ km²	距地面高度 /m	技术开发量[①] /×10⁸ kW	评估方法
国家气象局 (2007)	3.7	50	1.8	采用数值模拟技术,对风功率密度大于等于 400W/m² 的区域计算。
国家气候中心 (2009)		50	7.58	采用数值模拟计算,考虑离岸 50km 以内的近海,对风功率密度大于等于 400W/m² 的区域,并将遇强台风 3 次及以上区域扣除
能源研究所估算 (2007)	3	—	1.5	按照国家海洋局海洋开发利用规划面积,并按照 5MW/km² 布置风电机组计算
国家气象局 (2009)		50	2	我国近海水深 5~25m 的区域,风功率密度大于等于 300W/m²

① 指按照国家规定的三类以上风能资源可开发区域,以风能功率密度指标划分,10m 高度为 150W/m² 以上的风能资源区域,50m 高度为 400W/m² 以上的风能资源区域。

3.1.2 海上风能资源

关于海上风能资源,国家气象局、国家气候中心、我国科学院地理科学与资源研究所和联合国环境署都分别对我国海上风能资源进行过评价。采用的方法包括统计分析方法进行评估以及利用大气环流数据结合卫星遥感技术进行的数值模拟。最新的结论来自国家气候中心的一项研究,采用 1971~2000 年全球大气环流的再分析资料,利用中尺度模式,数值模拟了我国离岸 50km 的近海风能资源,并依据统计资料扣除了三次以上台风的区域,得出理论技术可开发量（按照风功率密度大于等于 400W/m²）为 7.58× 10⁸ kW。虽然现有研究结论较多,但多是根据有限资料的粗略估计,得出海上风能资源潜力的结论范围差异也较大（见表 5）。我国还没有一致认可的海上风能资源的全面普查数据。

以上研究虽然表明我国海上风能资源非常丰富,但是,最终的技术可开发量取决于实际的可开发面积,风机越大,为了摆脱机组叶片之间尾流的相互影响,机组之间布置的间距越大,反之亦然,因而一定范围内可以布置风电机组的个数是一定的。按现有技术条件,我国风电场的机组布置在 3~5MW/km² 左右。因而,从近海区域规划可初步估算出我国近海风能实际可开发规模。

根据《全国海岸带和海涂资源综合调查报告》，我国大陆沿岸浅海 0～20m 等深线的海域面积为 $15.7 \times 10^4 km^2$。2002 年我国颁布了《全国海洋功能区划》，对港口航运、渔业开发、旅游以及工程用海区等做了详细规划，其中还专门划分了 60 个用于开发波浪、潮流等海洋能的利用区。如果简单估算可以开发的总量，考虑避开上述这些区域，约总量 10%～20% 的海面可以利用。所以近海风能资源尽管非常丰富，其装机容量约在 $1 \times 10^8 ～ 2 \times 10^8 kW$ 左右。

3.1.3 千万千瓦级风电基地规划

2008 年，我国已分别在甘肃酒泉、新疆哈密、河北、吉林、蒙东、蒙西、江苏等风能资源丰富地区，开展了 7 个千万千瓦级风电基地的规划和建设工作。在 2010 年底，增设山东沿海千万千瓦级风电基地，形成 8 个千万千瓦级风电基地。这 8 个千万千瓦级风电基地风能资源丰富，陆上 50 米高度 3 级以上风能资源的潜在开发量约 $18.5 \times 10^8 kW$。7 个千万千瓦级风电基地总的可装机容量大的为 $5.7 \times 10^8 kW$。各基地风能资源情况见图 4、图 5。

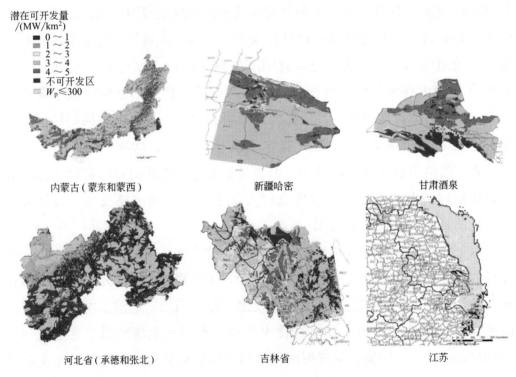

图 4 原 7 个千万千瓦级风电基地资源分布图

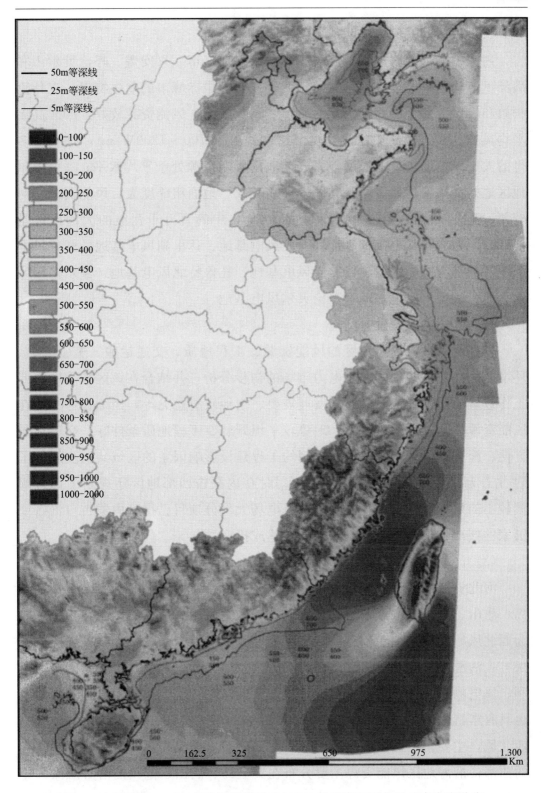

图 5 中国近海 5～20 米水深的海域内、100 米高度年平均风功率密度分布

（1）内蒙古东部风电基地

内蒙古东部地区规划范围包括赤峰市、通辽市、兴安盟、呼伦贝尔市和满洲里市四市一盟。该地区风能资源丰富，其中赤峰市的翁牛特旗、克什克腾旗和松山区的交界地带，地势平坦、高程较高、风能资源较好，70m 高度平均风速达到 8.0～9.3m/s，功率密度达到了 700～1200W/m²，是不可多得的大型风电场场址；通辽、兴安盟地区风能资源处于平均水平；呼伦贝尔地区地处大兴安岭地区，森林覆盖面积较大，地面粗糙度大，风能资源相对较差。至 2020 年，蒙东地区将形成 10 个集中的百万千瓦级的大型风电基地，分别为赤峰百万风电基地、罕山风电基地、达里湖风电基地、开鲁风电基地、珠日河风电基地、代力吉风电基地、扎鲁特北风电基地、额尔格图风电基地、桃合木风电基地和呼伦贝尔风电基地。

（2）内蒙古西部风电基地

根据对内蒙古西部地区的风能资源、工程地质、交通运输、施工安装、环境影响等建设条件以及对电力市场的初步分析，并结合在该区域风电前期工作进展情况、当地社会经济发展需要、当地政府意见等，经综合考虑，在风能资源丰富、地形较简单、地势较平坦开阔、工程地质条件好、交通运输方便、施工安装条件好、无重大制约工程建设影响因素的区域共初步规划了 14 个百万千瓦级的大型风电基地。同时在内蒙古西部地区还规划了部分规模较小的风电场，这些规模较小的风电场大部分项目已得到内蒙古自治区或国家的核准，其中部分项目甚至已在建或投产。

（3）河北风电基地（承德和张北）

河北省风能资源丰富，主要分布在张家口、承德坝上地区和沿海秦皇岛、唐山、沧州地区。张家口坝上地区年平均风速可达 5.4～8m/s，主风向为西北风，风能资源十分丰富，张家口地区风能丰富区主要分布在坝上的康保县、沽源县、尚义县、张北县的低山丘陵区和高原台地区。该地区交通便利、风电场建设条件好，非常适宜建设大型风电场，崇礼县和蔚县部分山区也具有丰富的风能资源；承德地区年平均风速可达 5～7.96m/s，主风向为西北风，主要集中在围场县的北部和西部，丰宁县的北部和西北部，平泉县的西部；沿海地区风能资源主要分布在秦皇岛、唐山、沧州的沿海滩涂，年平均风速为 5m/s 左右。河北省千万千瓦风电基地中，张家口市选择了 39

个风电场场址，估算风电场总装机容量为 $955×10^4kW$，承德市选择了 16 个风电场场址，估算风电场总装机容量为 $398×10^4kW$，沿海地区选择了 4 个风电场场址，估算风电场总装机容量为 $60×10^4kW$。

（4）吉林风电基地

吉林省风能资源丰富，风电场开发建设也较早，截至 2008 年底，吉林省风电总装机达 $1158×10^4kW$，占全国风电装机容量的 9.51%，居全国第三位。吉林省风电资源主要分布于吉林的西部地区，吉林省千万千瓦级风电基地场址也选择在吉林省的西部地区，该区域地势平坦开阔，场地以退化草场和盐碱地为主，风电可利用土地资源相对丰富，同时该地区风能资源条件是吉林省最好的区域，70m 高度年平均风速为 $6.0～7.1m/s$，年平均风功率密度在 $255～385W/m^2$。吉林省千万千瓦级风电基地规划风电场场址范围总面积约 $1.29×10^4km^2$，规划总装机容量为 $2.73×10^8kW$。

（5）江苏沿海地区风电基地

江苏沿海风电基地涉及的区域为江苏省沿海陆域滩涂、潮间带及近海海域。风电场按区域分为陆上风电场（包括沿海滩涂风电场）、潮间带及潮下带滩涂风电场（统称潮间带风电场）、近海风电场和深海风电场。根据风电技术的发展水平，江苏沿海地区风电基地规划主要针对陆上风电场、潮间带风电场和近海风电场，暂不考虑深海风电场。按照规划的发展目标以及输电距离、建设难度和投资，规划潮间带风电场和近海风电场离海岸线的距离小于 100km，理论最低潮位以下水深小于 25m。考虑到目前的建设技术、电力输送水平及投资成本等因素，2020 年前主要考虑开发离岸距离在 40km 以内，水深在 15m 以下的项目。根据《江苏沿海地区发展规划》和《江苏省风力发电发展规划（2006～2020 年）》，结合风电场规划布局和建设条件，到 2020 年规划建成 $1000×10^4kW$，其中陆上 $300×10^4kW$，潮间带 $250×10^4kW$，近海 $450×10^4kW$；2030 年规划建成 2100kW，其中陆上 $300×10^4kW$，潮间带 $250×10^4kW$，近海 $1550×10^4kW$。

（6）甘肃酒泉风电基地

甘肃省酒泉地区位于甘肃省河西走廊西端，东经 $92°04'～100°20'$，北纬 $37°51'～42°50'$，总面积 $19.4×10^4km^2$，可开发利用的风能资源总量接近 $4000×10^4kW$。酒泉地区南部为祁连山脉，北部以马鬃山为代表的北山山系，中部为平坦的沙漠戈壁，形成两山夹一谷的有利地形，成为东西风的通道，风能资源丰富，适宜建设大型风力发电场。根据酒泉千万千瓦级风电基地规划，酒泉地区到 2010 年底新增装机容量 $475\times10^4\,kW$，总装机容量达到 $516\times10^4\,kW$；$2011\sim2020$ 年新增装机容量 $755\times10^4\,kW$，到 2020 年底总装机容量达到 $1271\times10^4\,kW$，建成酒泉千万千瓦级风电基地。

（7）新疆哈密风电基地

新疆哈密地区与甘肃酒泉千万千瓦级风电基地相邻，且属于同一个风区，场址特点表现为地广人稀，地貌均为戈壁荒漠。新疆哈密地区风能资源丰富、场址平坦，同样具备建设大型风电基地的条件。依据《全国风能资源评价技术规定》，计算出新疆风能资源总储量 $8.72\times10^8\,kW$，风能资源蕴藏量极为丰富，是全国风能资源最丰富的省区之一。年平均风功率密度$\geqslant150\,W/m^2$的区域有 9 个，即乌鲁木齐达坂城风区、阿拉山口风区、十三间房风区、吐鲁番小草湖风区、额尔齐斯河河谷风区、塔城老风口风区、三塘湖-淖毛湖风区、哈密东南部风区和罗布泊风区。它们的面积总和约为 $7.78\times10^4\,km^2$，技术开发量高达 $1.2\times10^8\,kW$，风能开发利用前景相当可观。哈密千万千瓦级风电基地规划了 3 个风电场，将分期建设实施，其中 $2008\sim2010$ 年新增装机容量 $200\times10^4\,kW$，到 2010 年总装机容量达到 $200\times10^4\,kW$；$2011\sim2015$ 年间新增装机容量 $500\times10^4\,kW$，到 2015 年总装机容量达到 $700\times10^4\,kW$，$2016\sim2020$ 年间新增装机容量 $380\times10^4\,kW$，到 2020 年总装机容量达到 $1080\times10^4\,kW$。

（8）山东沿海风电基地

2010 年底，国家能源局、国家海洋局、国家电网公司等相关单位审核批准了《山东省千万千瓦级海上风电基地规划报告》，使之成为第八个千万千瓦级风电基地。规划总装机容量 $1255\times10^4\,kW$，初步规划到 2015 年装机达到 $200\times10^4\,kW$，到 2020 年装机容量达到 $600\times10^4\,kW$，到 2030 年全部建成。

3.2 风电产业

3.2.1 风电场建设

2010 年我国（不包括台湾地区）新增安装风电机组 12904 台，装机容

量 $1893\times10^4\,kW$ （按吊装量统计），与 2009 年当年新增装机 $1380\times10^4\,kW$ （按吊装量统计）相比，2010 年当年新增装机增长率为 37.1％。2010 年我国累计安装风电机组 34485 台，装机容量 $4473\times10^4\,kW$ （按吊装量统计）。2009 年分省累计风电装机容量见表 6。与 2009 年累计装机 $2580.5\times10^4\,kW$ （按吊装量统计）相比，2010 年累计装机增长率为 73.3％。

表 6　我国超过百万千瓦装机的省份列表（单位：$\times10^4\,kW$）

序号	省（自治区、直辖市）	2009 年累计	2010 新增	2010 年累计
1	内蒙古	919.6	466.2	1385.8
2	甘肃	118.8	375.6	494.4
3	河北	278.8	213.3	492.2
4	辽宁	242.5	164.2	406.7
5	吉林	206.4	87.7	294.1
6	山东	121.9	141.9	263.8
7	黑龙江	165.9	71.0	237.0
8	江苏	109.7	37.1	146.8
9	新疆	100.3	36.1	136.4
10	宁夏	68.2	50.1	118.3

注：以上数据来自中国风能协会统计。

截止到 2010 年底，我国风电累计装机超过 $100\times10^4\,kW$ 的省份超过 10 个，其中有超过 $200\times10^4\,kW$ 的省份为 7 个，分别为内蒙古、甘肃、河北、辽宁、吉林、山东和黑龙江。图 6 显示了各省的累计装机容量分布情况。

内蒙古自治区领跑我国的风电场建设，内蒙古自治区 2010 年当年新增装机 $466.2\times10^4\,kW$、累计装机 $1386\times10^4\,kW$，累计和当年新增占全国的比例分别高达 31％和 24.6％。紧随其后的是甘肃、河北和辽宁，累计装机容量都超过 $400\times10^4\,kW$ （见表 6）。排名前十位的省区中，2010 年装机增速最快的是甘肃省，累计增长率达 316％，其次是山东 116％，河北 76.5％，宁夏 73.4％，辽宁 67.7％，内蒙古 50.7％。2010 年陕西、安徽、天津、贵州、青海五个省（直辖市）首次实现风电装机零的突破，我国风电场开发正向更多的、不同气候和资源条件的区域发展。

3.2.2　风电开发商

2010 年，我国风力发电新开工重大施工项目 378 个，项目总投资额高达近 3000 亿元。我国的风电场投资和开发商主要以中央和地方国有发电企

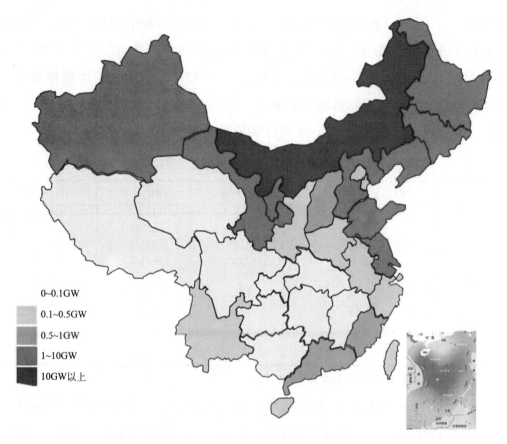

图 6　我国风电机组主要地区分布

业、能源投资企业为主。我国国电集团（龙源集团）2010 年新增风电装机 349.0×10⁴kW，继续保持我国装机容量第一。五大发电集团占据全国新增风电装机的 56%。除五大发电集团外，国华、中广核、华润电力、新天绿色能源、天润、三峡集团、中国风电、中海油、中水顾问、中水建等都有上佳的表现。2010 年新增装机容量中部分开发商控股项目的份额见表 7。

3.2.3　海上风电建设

2010 年我国海上风电累计装机达到 10.2×10⁴kW，新增装机 3.9×10⁴kW。随着国际大环境下海上风电发展的提速，我国海上风电也有了较快的发展。已经从项目示范阶段向规模化应用过渡，特别是东南沿海的千万千瓦级风电基地的建设，通过海上特许权招标的形式，有效地降低了风电发电成本，对我国沿海风电场的建设起到了推动的作用。

表 7　2010 年我国风电开发商新增装机情况

排名	企业名称	容量×10⁴kW	份额/%
1	国电	349.0	18.4%
2	华能	317.1	16.8%
3	大唐	226.8	12.0%
4	中广核	101.7	5.4%
5	华电	92.5	4.7%
6	国华	89.7	4.7%
7	中电投	77.2	4.1%
8	华润电力	58.5	3.1%
9	新天绿色能源	52.8	2.8%
10	三峡	43	2.3%
11	天润	40.3	2.1%
12	中国风电	38.1	2.0%
13	中海油	27.0	1.4%
14	中水顾问	25.0	1.3%
15	中水建	21.4	1.1%
其它		332.4	17.6%
合计		1892.8	100%

注：资料来源《风能》杂志 2011 年 3 月刊。

（1）中海油海上风力发电站示范项目

2007 年，中海油在渤海湾，距岸约为 46km 处建设了我国第一个海上风力发电站，风电站采用金风科技股份有限公司 1.5MW 风电机组，通过长约 5km 的海底电缆送至海上油田独立电网，与已有的 4 台双燃料透平机组组成互补系统。中海油海上风力发电站见图 7。

该项目为海上风力发电机组基础设计，海上风电机组运行维护积累了相

图 7　中海油海上风力发电站

关的经验和数据；对风力发电机组的海洋环境适应性，燃料/风力互补电力系统的研究大有帮助。

（2）上海东海大桥海上风电场

东海大桥海上风电项目是我国第一个海上风电项目，项目总投入为 30 亿元，计划安装 34 台华锐风电科技有限公司制造的 3MW 风力发电机组，总装机容量为 10.2×10^4 kW，预计发电量可达 2.6×10^8 kW·h，可供上海 20 多万户居民使用。2010 年 2 月底，该项目全部建成，已成功实现并网发电，并通过 240 小时考核，在上海世博会期间为上海居民供电。上海东海大桥海上风电场见图 8。

图 8　上海东海大桥海上风电场

（3）第一批海上特许权招标项目

2010 年 5 月 18 日，国家海上风电特许权招标项目对外开标。本期特许权招标包括四个项目，均位于江苏省，分别为滨海海上风电场（30×10^4 kW）、射阳海上风电场（30×10^4 kW）、大丰潮间带风电场（20×10^4 kW）和东台潮间带风电场（20×10^4 kW），总装机容量 100×10^4 kW。这次风电特许权招标，是我国首批海上风电场示范项目的招标。本次招标结果见表 8。

表8 江苏百万千瓦海上风电特许权项目中标结果

项目名称	中标开发商	中标电价	风电机组	施工单位
滨海 30×10^4 kW 海上项目	大唐新能源	0.7370 元/(kW·h)	华锐 3MW 机组	中交第三航务工程局
射阳 30×10^4 kW 海上项目	中电投联合体	0.7047 元/(kW·h)	华锐 3MW 机组	中交第三航务工程局
大丰 20×10^4 kW 潮间带项目	龙源电力	0.6396 元/(kW·h)	金风 2.5MW 机组	江苏电建＋南通海建
东台 20×10^4 kW 潮间带项目	山东鲁能	0.6235 元/(kW·h)	上海电气 3.6MW 机组	中交第三航务工程局

我国首轮 100×10^4 kW 海上风电特许权项目招标的最终中标电价在 0.62～0.73 元/(kW·h)。但是，多数专家认为以中标电价很难保证项目盈利，合理价格应该在 1 元/(kW·h)。

3.2.4 千万千瓦级风电基地建设

根据规划，到 2020 年，八大风电基地将实现装机规模 1.4×10^8 kW。到 2010 年八大风电基地已经完成装机 2524×10^4 kW，在建 880×10^4 kW，已建容量占规划装机的 17.5%。

其中，蒙西风电基地规划装机最大，将达到 3830×10^4 kW 风电装机。蒙东、吉林、酒泉将建成 2000×10^4 kW 以上的风电装机，河北、新疆将建成 1000×10^4 kW 的风电基地，江苏将建成 1000×10^4 kW 的沿海风电基地，山东将建成 600×10^4 kW 的风电基地。八大风电基地的发展情况如表 9 所示。

表9 八大风电基地建设情况

基地名称	2010 年装机	在建装机	2020 年规划装机
河北风电基地	3.58GW	850MW	14.13GW
蒙东风电基地	3.82GW	1.8GW	20.81GW
蒙西风电基地	6.3GW	1.12GW	38.3GW
吉林风电基地	2.02GW	260MW	21.3GW
江苏沿海风电基地	1.28GW	220MW	10.75GW
酒泉风电基地	1.34GW	3.8GW	21.91GW
新疆风电基地	4.95MW	49.5MW	10.8GW
山东风电基地	1.95GW	397MW	6GW
总计			144GW

3.3 并网风电设备制造业

3.3.1 风电机组整机制造商

（1）市场格局

目前，我国从事风电机组研制的企业大约有 80 家，包括外商独资企业、中外合资企业和内资企业。2010 年我国整机制造业新增风电装机容量 $1893 \times 10^4 kW$，累计装机容量 $4473 \times 10^4 kW$。2010 年我国十大风电机组供应商排名中，华锐风电、金风科技和东方汽轮机有限公司继续保持市场"三甲"的位置。2010 年华锐新增装机 $438.6 \times 10^4 kW$，金风新增装机 $373.5 \times 10^4 kW$，东汽新增装机 $262.3 \times 10^4 kW$，三家企业合计 $1074.4 \times 10^4 kW$，占全国新增市场的 56.8%。新的十强中（表 10），增加了上海电气和沈阳华创，通用和苏司兰排在前十名之外。在累计装机排名前十位中，华锐、金风、东汽、维斯塔斯继续保持前四位排序；后六名中，与 2009 年相比增加了上海电气和湘电风能，苏司兰和浙江运达排在前十之外（见图 9）。在供应商市场排名前 20 名中，总体特点是 2010 年上升较快的企业不明显，但有几家曾长期位居前十的企业出现下滑。

我国内资企业近年来发展势头强劲，市场占有率连年大幅增加。2007 年，

表 10　2010 年我国新增风电装机前 10 机组制造商（数据来源：CWEA）

序号	制造商	装机容量/MW	市场份额
1	华锐	4386	23.2%
2	金风	3735	19.7%
3	东汽	2623.5	13.9%
4	联合动力	1643	8.7%
5	明阳	1050	5.5%
6	Vestas	892.1	4.7%
7	上海电气	597.85	3.2%
8	Gamesa	595.55	3.1%
9	湘电风能	507	2.7%
10	华创风能	486	2.6%
	其他	2411.99	12.8%
	总计	18927.99	100%

资料来源：BTM Consult Aps-A part of Navigant Consulting，World Market Update 2010。

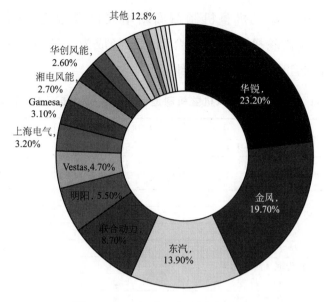

图 9 2010 年我国新增市场份额

我国内资企业产品第一次超过外资产品，市场份额占当年新增市场的 55.9%；2010 年，我国内资企业市场份额进一步增加，当年新增市场份额约 90%，累计市场份额达到 82.5%。2004～2010 年我国内资产品在当年新增的市场份额见图 10。

此外我国自主品牌建设发展迅速，2009 年有三家企业进入世界 10 强，5 家企业进入前 15 名。到 2010 年有四家企业进入世界 10 强，7 家企业进入

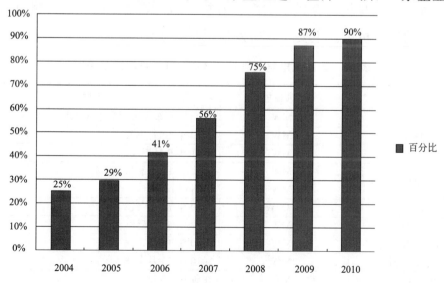

图 10 2004～2010 年我国内资产品在当年新增市场的份额

前 15 名。2010 年全球风机整机制造商新增装机容量前 10 名情况见表 11。华锐、金风，东方汽轮机和国电联合动力已经成为全球风电制造业的知名品牌，其中华锐排名世界第二，紧随维斯塔斯。

表 11　2010 年全球风机整机制造商新增装机容量前 10 名情况

序号	企业名称	2010 新增/MW	2010 市场份额/％
1	VESTAS(丹麦)	5842	14.8％
2	华锐(中国)	4386	11.1％
3	GE(美国)	3796	9.6％
4	金风(中国)	3740	9.5％
5	ENERCON（德国）	2846	7.2％
6	苏司兰（印度）	2736	6.9％
7	东方汽轮机(中国)	2624	6.7％
8	歌美飒（西班牙）	2587	6.6％
9	西门子(丹麦)	2325	5.9％
10	联合动力(中国)	1 643	4.2％

（2）风机技术和价格

随着海上风电的发展，我国风电机组研发开始向多兆瓦级进军。2009年我国在多兆瓦级（≥2MW）风电机组研制方面也出现新的成果，如金风科技股份有限公司研制的 2.5MW 和 3MW 的风电机组已在风电场投入试运行；华锐风电科技股份有限公司研制的 3MW 海上风电机组已在东海大桥海上风电场并网发电；由沈阳工业大学研制的 3MW 风电机组也已经成功下线。此外，我国华锐、金风、东汽、海装、湘电等企业已开始研制单机功率为 5MW 的风电机组。主要企业研发情况见表 12。

表 12　国内风电整机制造商 3MW 风电机组研制情况

企业名称	单机容量	进展
华锐	3MW	34 台已在东海大桥海上风电场投产运行
	5MW	2010 年 10 月下线
	6MW	2011 年 6 月下线
金风	3MW	2009 年 12 月装机试运行
	6MW	研制中
上海电气	3.6MW	2010 年 7 月下线
广东明阳	3MW	2010 年 6 月下线
国电联合动力	3MW	2010 年 10 月下线
沈阳华创	3MW	2010 年 10 月下线
东方汽轮机	5MW	在研发
湘电	5MW	2010 年 10 月下线

我国风电机组的销售价格自 2008 年开始出现下降趋势。2010 年风电机组的市场售价较 2009 年有进一步下降。到 2010 年底，国产风电机组的市场价格已从 2008 年均价 5000 元/kW 左右下降到均价 4000 元/kW。我国近年风电机组单位造价变化趋势见图 11。

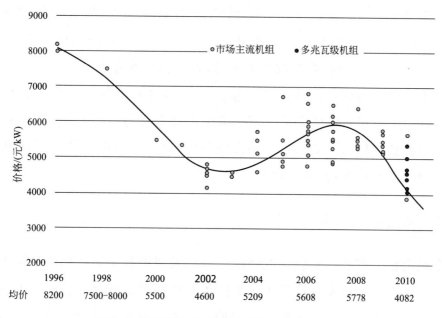

图 11　我国近年风电机组单位造价变化趋势

（3）内资企业的设备出口

2010 年受全球金融危机影响，全球风电市场发展放缓，相比于 2009 年，2010 年新增装机容量（陆上和海上）共计 37700MW，比 2009 年下降了 2%。受大环境影响，我国风机出口数量大幅下降，2010 年总计出口 13 台，整机出口量约 1.55×10^4 kW，较 2009 年下降 44.6%。我国内资企业设备出口情况见表 13。

表 13　我国内资企业设备出口情况

制造商	出口目的地	出口台数	总容量/MW
金风	古巴	6	4.5
明阳风电	美国	1	1.5
华仪	智利,白俄罗斯	3	4.5
新誉	泰国、美国	2	3
瑞祥（A-power）	美国	1	2.05
合计		13	15.55

（4）就业人数和产值

根据国内相关企业 2010 年抽样统计以及综合考虑我国制造业的平均劳动生产率，目前我国风电 1MW 装机创造的就业岗位为 15 个左右，其中设备制造业每兆瓦装机创造约 13～14 个就业机会，包括风电机组安装运输和维护运营等在内的服务业，每兆瓦创造的就业机会为 1.5 个左右。据 CWEA 统计，2010 年我国风电新增装机容量为 18927.99MW，就此估算，2010 年我国风电产业就业人数约为 28 万人（包括外资企业）。

由于目前国内风电产业的统计信息还未涉及对风能行业生产产值的统计，因此风电整机行业的生产产值只能根据各企业的实际销售量及风电机组的平均售价加以估算。如果以平均市场售价 4000 元/kW 测算，2010 年我国整机行业的总产值为约 1000 亿元。

3.3.2 风电机组部件制造业

在风电机组整机产业快速发展的带动以及风电装备国产化率政策的引导下，风电零部件制造业逐渐壮大，生产供应体系日益健全。目前，国内已形成涵盖叶片、齿轮箱、发电机、变浆偏航系统、轮毂、塔架以及金属结构部件如法兰盘、主轴等等主要零部件的生产体系。其中，叶片、齿轮箱、轴承、发电机等技术水平进步很快，国产化率也较高。不过，与国外先进技术相比，仍存在一定差距，而控制系统、联轴器、制动系统等产品的国产化进程相对缓慢。

目前我国关键零部件制造商的数量显著增加，共有风电叶片制造企业 67 家，齿轮箱制造企业 10 家，轴承企业 16 家，变流器生产企业 12 家。其中，风电叶片生产和供应能力已能够满足我国风机制造业的市场需求。

（1）叶片

根据不完全统计，我国境内的风电机组叶片厂商共有 67 家。其中，已经进入批量生产阶段的公司有 10 多家，处于样机阶段的公司有 12 家，处于研制阶段的公司有近 20 家，其他为刚起步阶段。2008 年，已经批量生产的叶片公司生产能力为 460×10^4 kW。预计 2010 年，这些风电叶片公司全部进入批量生产阶段后，综合生产能力将达到 900×10^4 kW。代表企业有中航

（保定）惠腾风电设备有限公司、连云港中复连众复合材料集团有限公司、上海玻璃钢研究院等，都是通过技术引进或联合设计来获得大功率风电机组叶片的制造技术，已实现批量化生产。综合全国情况来看，我国风电叶片生产和供应能力已能够满足市场的需求。

（2）齿轮箱

齿轮箱方面，企业稳步扩大，产能增加缓慢，产品配套比较完整。我国风电齿轮箱生产企业都是从国家大型齿轮箱企业延伸出来的，如南京高速齿轮制造有限公司、重庆齿轮箱有限责任公司和杭州前进齿轮箱公司，其中前两者占国产化齿轮箱市场份额的 $80\%\sim90\%$。大连重工集团生产的齿轮箱主要给旗下的华锐风电科技有限公司做配套。国内风电齿轮箱的外资企业目前有西门子集团旗下的威能极公司和苏司兰下属的汉森风电传动设备公司，主要供应维斯塔斯、苏司兰等外资整机企业。

（3）发电机

为风电机组配套的发电机制造企业数量较多，主要有：兰州电机、永济电机、上海电机、湘潭电机、大连天元、东风电机、南洋电机、株洲时代、沈阳远大、佳木斯电机、广州英格、西安盾安电气、Winergy 等，此外一些整机制造企业也可以自己生产发电机，如 Suzlon、Gamesa、Vestas、江苏新誉、北京北重等。按照当前风力发电机组的技术要求，我国发电机的生产和供应能力可以满足市场需求。

（4）控制系统

控制系统方面，产业化程度较低，是目前国内风电设备制造业中最薄弱的环节。这是目前唯一没有实现批量国产化的部件，基本依赖进口，主要来自于丹麦 Mita 和奥地利 Windtec 等。国内现有的几家独立电控系统研制企业大都处于研发试制阶段，主要有中科院电工所（科诺伟业）、合肥阳光、许继电气、南瑞集团、北京天源科创等。其中，科诺伟业研制的 1.5MW 双馈式变速恒频风电机组控制系统已有样机于 2006 年投入运行。这是我国第一台具有自主知识产权并在风电场实际并网运行的控制系统。

（5）变流器

我国风力发电机组变流器的供应仍以进口和采购外资企业的产品为主，主要供应商有 ABB、Converteam、Ingeteam 等，国内生产变流器的企业有北京科诺伟业、合肥阳光、许继电气、清能华福、景新电气、艾默生网络能源（外资）等，大都处于小批量生产或试制阶段。

（6）轴承

风电轴承一般包括偏航轴承、变桨轴承、发电机轴承、齿轮箱轴承和主轴轴承。其中大规格的偏航轴承、变桨轴承和主轴轴承国内已经实现批量生产，并具有很强的供应能力，主要企业有洛阳 LYC 公司、瓦房店轴承集团、徐州罗特艾德、天马集团等。在风电领域使用的齿轮箱轴承和发电机轴承目前全部采用进口产品，制约当前风电设备制造业快速发展的瓶颈是齿轮箱内所使用的精密轴承市场供应严重不足。由于这些轴承质量要求高，技术难度大，国内只有个别企业在试生产试运行，还没有形成批量供应能力。

（7）金属结构部件

包括底座、塔筒、法兰、轮毂、主轴、齿轮箱箱体、发电机箱体等。由于这些部件的技术要求和加工难度相对较低，国内已经涌现出许多企业在配套生产，市场供应不存在明显问题。

3.3.3　产业政策

随着近年来我国风电产业的迅速发展，我国的风电产业政策也从最初的促进国内制造业发展，市场规模化等方面，渐渐向市场规范，促进产业健康发展的方向努力。

（1）政策概述

在 2005 年可再生能源法出台之前，我国就制定和实施了一些支持风电的有关政策，并开展了一批国家项目的建设，推动风电市场的建立和扶持制造业的发展。这些政策涵盖了风电电价、并网政策、技术研发、经济激励、产业化促进、市场规模化等多个方面，虽然有些政策尤其是投资、信贷等政策不够稳定和没有长期的连续性，这些政策及其实施，还是为可再生能源法中支持风电的有关制度的建立提供了良好的基础，并和可再生能源法以及后续出台的配套措施一起，构成了支持风电发展的政策框架。我国现行的主要风电激励政策见表 14。

表 14　我国现行的主要风电激励政策

政策	细　　目	
直接鼓励风电设备制造业发展的政策	国产化要求及激励	1. 风电特许权项目要求风电设备 70% 以上国产化率（2009 年已取消） 2.《风力发电设备产业化专项资金管理暂行办法》对符合条件的国产化风电设备给予补贴
	关税优惠	1.2MW 以上风电机组关键部件、原材料进口退税
	税收激励	高新技术企业所得税减按 15% 征收
	技术规范	相关风电设备标准和风电并网标准的制定
	研发投入	科技支撑计划；"863"计划；"973"计划等
保证风电市场稳定发展的激励政策	电价制度	我国风电实行标杆上网电价政策，分四类资源区定价。风电费用分摊
	规划目标	《可再生能源中长期发展规划》 《十一五可再生能源发展规划》
	资源特许权/竞标	1. 风电特许权项目招标； 2. 风电基地项目招标
	税收激励	风力发电增值税减半征收
	强制入网	1. 风力发电要求强制入网； 2. 超出标杆电价的部分在全国用户中分摊
保证海上风电规范发展的政策	建设规范	《海上风电开发建设管理暂行办法》
引导风电设备制造业发展的政策	行业标准	《风电设备制造行业准入标准》（征求意见稿）

（2）2010 年后新的风电政策

2010 年 1 月，为规范海上风电项目开发建设管理，促进海上风电健康、有序发展，国家能源局联合国家海洋局共同发布《海上风电开发建设管理暂行办法》。《办法》包括海上风电发展规划、项目授予、项目核准、海域使用和海洋环境保护、施工竣工验收、运行信息管理等环节的行政组织管理和技术质量管理。《办法》明确了各相关部门的权责，国家能源主管部门负责全国海上风电开发建设管理。沿海各省（区、市）能源主管部门在国家能源主管部门指导下，负责本地区海上风电开发建设管理。海上风电技术委托全国风电建设技术归口管理单位负责管理。国家海洋行政主管部门负责海上风电开发建设海域使用和环境保护的管理和监督。

2010 年工业和信息化部、国家发改委和国家能源局共同组织起草了《风电设备制造行业准入标准》向产业发出征集意见。《标准》主要针对目前我国风电行业抑制产能过剩的问题，以引导行业健康发展。根据工信部公布的《标准》征求意见稿，风电机组生产企业应建立完善的质量管理体系，并通过具有认定资质的机构认证。企业应在生产的全过程实施严格的质量管理，对于风力发电机组配套关键零部件如轮毂、叶片、齿轮箱、发电机、变流器、控制系统、变桨系统、塔架、制动系统等，企业应建立采购零部件、外协件及原材料的质量控制制度。同时，风电机组生产企业生产的产品应满足《风电并网技术标准》对风电机组的性能要求、应建立完整的产品配套供应链和售后服务体系，保证产品性能和质量。另外，《标准》还提出了很多量化的指标，如风电机组生产企业必须具备生产单机容量 2.5MW 及以上、年产量 100×10^4 kW 以上所必需的生产条件和全部生产配套设施等。

3.3.4 主要问题

(1) 风电事故增加，产品质量问题凸显行业监管不足

2010 年，几起恶性的风电事故给近年突飞猛进的风电发展敲响了警钟，风电设备的质量问题显现出来。2010 年 1 月 24 日东汽风机倒塌，被视为 2010 年第一起风机事故。随后，华锐等品牌风机倒塌事故不断出现，国内前列的整机制造企业几乎无一幸免。风机质量出现的问题还包括风机叶片、主轴断裂，电机着火，齿轮箱损坏，控制失灵以及飞车等。一般而言，风机在投入运行 5 年以后才进入对整机和零部件质量的真正考验期，而我国大部分风机都是最近两三年安装的，因此，未来几年将成为考验我国风机装备质量的关键时期。

目前，我国缺乏强制检测认证制度，导致产品质量参差不齐。丹麦早在 20 世纪 70 年代就制定了风电设备强制性检测和认证制度，规定未通过认证的产品不得上市销售，这些措施有力的促进了丹麦风电技术的发展。我国风电设备检测是随着今年风电产业发展才刚刚起步，许多第三方检测机构由于知识、经验的积累欠缺，在进一步发展中需要提高检测能力，尤其是在机械

载荷、电能质量、功率特性方面的检测能力的提高。其次，目前我国已有许多零部件企业建立了企业自己的检测中心和检测平台，但由于企业只针对企业自身产品进行检测，检测过程中获得的技术数据和经验积累都很有限，加上设备检测平台建设投资规模不小，企业都自建平台势必带来资源的不集中和浪费，且检测能力和检测范围都很局限；此外，企业检测结果若无第三方认证机构采信，也很难得到业主认可。

目前，我国还没有统一的风电认证模式及风电产品认证机构的能力的统一评判标准。出现了部分企业利用检测证书、试验证书、产品检验证书以及国外认证机构的特定条件认证证书，宣称获得认证，造成风电场开发商或投资人误解的现象，极大地影响了认证的有效性和严肃性。

（2）产业链上下游发展不协调，导致行业恶性竞争

多数企业集中于制造环节，风电机组的整机制造商超过80家，叶片制造商超过50家，塔架制造厂100多家。国内主流风电企业都表现出一个趋势：即将产能的扩大而不是靠自我研发能力的提高作为增强眼前市场竞争能力的重要手段。仅排名前五位的风电企业，在2010年前后的生产能力再加上其他企业的产能，国内风电机组的制造能力在短期内超过了国内市场的需要，在当前国际市场拓展尚未取得突破的情况下，国内产能过剩的矛盾将在今后一两年逐渐突出。

这种依靠投资的发展模式，在经济危机的环境中，面临了巨大的困境，在国际市场开拓不顺利的情况下，各大企业开始瞄准国内市场，导致行业内部恶性竞争，国内外许多大中型企业甚至个人掀起了投资建设风电场的高潮，个别地方甚至屡次出现企业以低于生产成本的电价中标情形，以抢占风电特许权项目。

这种恶性的竞争直接破坏了我国风电产业的健康发展，对技术进步和企业运营都有严重的影响，并且无法保证产业的可持续发展。

（3）基础研究投入不足，核心技术和零部件仍然依赖进口

虽然我国企业通过收购外国实验室和研发机构来加强自身创新能力，通过"联合设计"的方式来进行二次创新，但与国际风电先进国家相比较，我国仍处于跟踪和学习国外技术的阶段，核心零部件国产化率依然较低。变流器、主轴轴承、控制系统等附加值高的关键零部件的直接进口或采购外资企

业产品的比例均在 50％以上。我国在风电产业大规模的发展仅有 5 年左右的时间，应该说，某些关键零部件还无法实现国产化也是一个正常的现象。轴承的瓶颈在于国内钢材材料满足不了实际需求，轴承加工工艺水平也落后于国外；而变频、控制系统技术与整个机组的设计紧密相关。这些部件对进口的依赖，从侧面反映了我国在基础性研发及核心技术掌握方面的不足。

（4）风电技术人才缺乏，产业发展后劲不足

风电技术人才匮乏也是普遍现象，特别是缺乏系统掌握风电理论并具有风电工程设计实践经验的复合型人才。虽然联合设计的商业模式既可以保证核心技术的获得，也可以保证自我研发水平的提升，但这种受制于人的局面一方面加大了产品投入的成本，比如上电在与德方联合设计过程中，仅设计软件和人员培训的费用就高达 1.2 亿元，更重要的是企业未来发展将完全听从于国外技术团队，而国外设计公司更是不避讳与多家我国企业联合，获得超额利润，长此下去，必将严重影响我国企业创新能力的提升和国际竞争力的形成。

（5）技术水平和产品质量方面仍落后于国际先进水平

与国外的先进技术相比，我国风电产品的技术水平还相对落后。比如，当前我国的主流商业机型中，都不具备满足有利于电网调度的有功、无功控制及低电压穿越等性能，这些电网友好型的先进技术在国外产品中已经普遍推行。另外，与国外机组相比，风电场运营商也陆续反映出国产机组存在运行故障率高、可靠性差等问题。

在发展初期，政府制定了"国产率 70％"的保护性政策，国产风电机组有着稳定的市场需求。但随着风电市场的迅速扩展，国家已取消了这类政策，虽然国产产品具有明显的价格优势，但如果不能在性能、质量、服务等方面有所改善，国产产品的市场适应性能力将不会提高，也不能在最终的市场竞争中掌握主动。

3.3.5　产业未来发展建议

近期我国风电的发展将在促进风能的规模化发展的前提下，更注重风电产业发展的均衡和质量，除了给予风电稳定的价格政策支持、继续扩大市场

需求，保证风电的发展势头，还将加快出台相关的配套政策，以不断完善加强我国风电的自主创新能力，加强人才队伍培养，提高产品质量，力图具备一定的国际竞争力。

（1）以市场带动产业发展，支持建立公共技术平台

支持并逐步建立具有自主知识产权的风电产业体系，形成零部件和整机制造完整的产业链。通过扶持价格等市场政策，促进大规模的风电开发和建设，进而推动风电技术进步和产业发展，实现风电设备制造国产化，大幅度降低风电成本，尽快使风电具有市场竞争力。要加大和集中中央财政投入，带动地方政府和企业投资，支持风电技术的公共研发平台建设、试验和检测平台建设、公共技术服务活动，增强风电技术研发活动的支持力度和可持续性。

（2）稳妥推进海上风电场前期研究和项目示范工作

争取在江苏第一批海上特许权招标项目的基础上，在 2015 年前选择江苏、上海、浙江和山东等近海地区建立若干个海上风电场示范项目，着力开展海上风电关键技术的研发和示范，重点解决风电机组整体优化设计、基础施工、风电机组运输、安装、防腐技术等，为近海风电场大规模的发展做好基础。

（3）积极完善产业政策，促进有序、开放竞争和国际市场开拓

完善产业技术政策、优化产业组织政策和产业布局，完善产业链，促进产业集群式发展，优化产业布局，提高产业效率。择优扶持领先企业、技术和产品，促进行业内部的横向、纵向的整合，淘汰落后的产能，加快产业升级。警惕和消除国内地区保护和国际贸易保护势头，完善支持国内风电产业发展的财税体系，建立全国统一开放的风电设备市场；深入研究国际贸易准则，扶持国际领先的风电企业，争取有利的国际市场环境。

（4）加快完善标准和认证体系，提高产业发展质量和效率

尽快完善风电技术标准、检测、认证等产业体系，促进风电设备质量的提高，指引产业升级换代技术的发展方向。要加强风电设备的型谱化、标准化、系列化，提高风电机组和零部件设计制造业的产业效率。要通过大力实施知识产权战略和标准战略，加强产业创新能力建设，引导各类创新资源向企业集聚，推动建立以技术标准为纽带的产业联盟。

3.4 小型风电

3.4.1 产业现状

目前我国生产的离网型风力发电机组共有 19 个品种，单机容量分别为：100W、150W、200W、300W、400W、500W、600W、1kW、2kW、3kW、4kW、5kW、10kW、15kW、20kW、25kW、30kW、50kW、100kW。

2010 年 31 个生产单位共生产 100kW 以下离网型风力发电机组 145418 台，总装机容量 130061kW，总产值达 123118 万元，利税 14265.7 万元。

据我国农机工业协会风能设备分会秘书处历年统计，1983～2010 年底，我国各生产厂家累计生产各种离网小型风力发电机组达 768389 台。年产量、总产量、生产能力、出口量均列世界之首。其中 2002～2010 年 9 年中，小型风力发电机组产量、产值、容量、利润及出口量都得到了较快的发展（见表 15）。

表 15 我国小风电的发展情况

年度	2002	2003	2004	2005	2006	2007	2008	2009	2010	累计 (2002～2010)
产量/台	29,658	19,920	24,756	33,253	50,052	54,843	78,411	113259	145418	549570
机组容量 /kW	8,873.2	6,083.7	11,300.2	12,020	51,740.8	35,014.6	72,825	103056	130061	430974
产值/万元	7,059.6	4,740.5	6,653.7	8,472	17,090.8	31,794.37	51,890.1	98236.3	123118	349055
利税/万元	984.5	660.6	775.9	992.9	1,415.99	3,749.03	9,948.59	7496	14265.7	40289.1
出口数/台	1,484	2,484	4189	5,884	16,165	19,520	39,387	47020	46080	182213

根据对 22 个出口生产企业的统计显示，2010 年我国出口 100kW 以下

中小型风力发电组共 46080 台，占总销售量的 34.2%；出口装机容量 62155.5kW，占销售容量的 51.7%；外汇收入 6984.92 万美元。出口到 107 个国家和地区，主要包括：韩国、印度、蒙古、泰国、菲律宾、印度尼西亚、越南、尼泊尔、日本、土耳其、马来西亚、拉脱维亚、坦桑尼亚、阿尔巴尼亚、葡萄牙、所罗门、南非、阿根廷、瑞士、挪威、匈牙利、法国、英国、白俄罗斯、俄罗斯、荷兰、爱尔兰、丹麦、西班牙、瑞典、意大利、芬兰、美国、加拿大、巴西、澳大利亚、尼日利亚、肯尼亚、奥地利、波兰等。

从具体机型上来看，销售量最多的为 300W 机型，共销售 34260 台，占 25.45%；其次是 200W 机型，销售 16513 台，占 12.27%。这两个机型总共占了全部销售量的 37.72%。值得注意的是，近年来，200W 和 300W 机型的销售量和前几年相比有所下降。这说明用户对小型风力发电机组的容量需求正在逐步增加。200W 和 300W 的小型风力发电机组在 2006 年占销售总台数的 51%，而到了 2010 年，已经下降到 37.72%。但是小型风力发电机组的销售仍然以农村市场为主，所以 200W 和 300W 的机组仍然占据着半壁江山。

近年来，小型风能设备的销售有四个亮点：一是国内城乡公路用风光互补路灯配套的 300～600W 小型风力发电机组超过 45000 台；二是国外分布式发电推广应用，急需千瓦级风力发电机组；三是移动基站应用；四是石油开采应用。

2010 年，机组单机容量不断增加，产品已经从当年的 100W 发展到 100kW；单机容量 100W、150W 机组产销量在减少，2010 年占总销量的 0.58%；200W 至 5000W 机型销量占总销量的 98.1%，成为风电市场的主流机型；10kW 至 100kW 机型销量 1747 台，占总销售台数的 1.3%，出口数量则为 1306 台，占总销售量的 74.8%。有 25.2% 的产品销在国内，说明我国对这一档次的机组也具备一定的市场需求。

3.4.2　生产企业

据不完全统计，到 2010 年底，我国从事中小型风力发电机组研究生产的大专院校、科研院所、生产企业有 130 多家，其中主机生产企业 38 家，大专院校、科研院所 11 家。

主要生产厂家有：扬州神州风力发电机有限公司、广州红鹰能源科技有限公司、中科恒源能源科技股份有限公司、浙江华鹰风电设备有限公司、北京远东博力风能设备有限公司、安徽蜂鸟电机有限公司、上海致远绿色能源有限公司、深圳泰玛风光能源科技有限公司、山东宁津华亚工业有限公司、宁波风神风电科技有限公司、浙江海力特风力发电设备有限公司、青岛安华新源风电设备有限公司、宁波爱尔韵升风力发电机有限公司、北京希翼新兴能源科技有限公司、新高能源科技（昆山）有限公司、上海法诺格能源设备有限公司、浙江钻宝电子有限公司、内蒙呼市博洋可再生能源公司、宁夏风霸机电有限公司等。

主要科研单位有：中科院电工所、内蒙古工业大学能源动力工程学院、沈阳工业大学风能所、汕头大学能源研究所、华北电力大学可再生能源学院、西北工业大学、江苏南通紫琅职业技术学院、水利部牧区水利科学研究所、总后西安建工所、中南大学长沙铁道学院等。

据企业报表统计，年产量超万台或产值超亿元的有扬州神州、中科恒源、广州红鹰、宁波风神等企业。北京远东博力、上海致远、浙江华鹰、安徽蜂鸟、青岛安华、宁津华亚、新高能源、北京希翼、爱尔韵升等外向型企业近年来发展很快，后劲十足。新增企业逐步增加，如：上海法诺格、上海跃风、靖江菲尔德斯、上海理芙特、珠海宏峰、上海模斯、恒天重工、嘉兴联谊、钻宝电子等企业。

20 世纪末 21 世纪初，小型风力发电机组的生产单位主要分布在内蒙古等北方地区，也就是靠近以农牧民用户为主的市场。据我国农业机械工业协会风力机械分会统计，2001 年时，我国共有小型风力发电机组生产企业 20 家。如果以长江为我国南北分界线，则 20 家生产企业中北方有 12 家，占据了 60%。尤其是内蒙古，在 20 家生产企业中有 5 家，占据了全国小型风力发电机组生产企业的 25%。

近年来，由于种种原因，尤其是市场需求的变化，我国小型风力发电机组生产企业的分布格局逐步由北方向南方转移。原有的部分北方小型风能设备制造企业关、停、转，企业不再存在或不再生产小型风力发电机组，主要生产企业集中在南方，靠近新兴市场，如移动通信、风光互补路灯等，或靠近资本市场，因为南方有较多的自由资金。

随着市场的发展，我国企业越来越注重品牌形象，加强了保护自主知识产权，积极申请发明专利、新型实用专利和外观专利，已有12家企业获得国家专利172项。

3.4.3 应用市场

（1）农牧区电力建设

我国的风能资源丰富，可开发利用的地区占全国总面积的76%，主要分布在西北、华北、东北、青藏高原和沿海地区。我国的无电地区也基本分布在上述区域内。根据前述统计资料，截止到2006年底，全国大约还有300万无电户，1147万无电人口，其中有150万户、大约700万人将采用电网延伸、小水电和移民搬迁的办法解决用电问题，其余150万无电户由于这些地区具有交通不便，居住分散，用电量低等特点，所以生活在这些地区的群众迫切需要采用离网型风力发电机组和风光互补系统来解决他们的用电需求。

随着经济改革深入进行，国民经济健康稳步发展，广大农、牧、民生活水平的提高，家用电器已成为家庭生活的必需品。因此，对风力发电机组需求，也从过去的50W、100W、200W小功率机组发展到使用300W、500W、1kW等较大功率的风力发电机组和风光互补供电系统。另外一些乡（村）、镇（苏木）等地需要大功率的集中供电系统，以解决他们的日常生活用电和小型农副产品加工用电需要。

（2）部队、边防哨所

在边远地区的边防连队、哨所、海岛驻军、渔民、地处野外高山的微波站、电视差转台站、气象站、公路、铁路无电小站，森林中的瞭望站，石油、天然气输油管道及滩涂养殖业（我国海岸线总长为3.2×10^4km，大陆海岸线1.8×10^4km，岛屿海岸线1.4×10^4km）等多数地方使用柴油或汽油发电机组供电，供电成本相当高，有些地方超过了3元/(kW·h)。而这些地方绝大部分处在风力资源丰富地区。通过采用"风/油联合发电系统"的互补形式供电，既能保证全天 24 小时供电，又节约了燃料和资金，同时还减少了对环境的污染，可谓一举三得。

（3）内陆湖泊电力建设

我国有广阔的海岸线和内陆湖泊。近年来，由于养殖业的发展，应用小型风力发电机组的渔民越来越多，形成了一个新的市场"亮点"。渔民在解决了照明、看黑白电视的用电问题后，现在迫切需要购买能看彩电的小型风力发电机组。由于渔民收入较高，水上学校、水上卫生所、村政府等公益事业都提出要购买较大功率的风力发电机组。2006 年荷兰政府提供一台 5kW 风力发电机组，安装在洪湖船头嘴村"八一水上学校"（希望小学），解决了船上学校的用电问题。

（4）移动通信

全球移动（GSMA）发展基金 2008 年 9 月在肯尼亚首都召开全球移动通讯大会。大会发出"绿色能源倡议"，与"移动通信绿色能源项日"相结合，在今后的移动通信基站建设中推广绿色能源。倡议认为，未来移动通信用户的增加主要依赖于无电地区的人口（在今后的五年内，估计每年要新增 5 万～10 万个离网型基站）。目前柴油发电处于离网型发电的主导位置，但是运行的代价很大，需要稳定的柴油调配和设备维护，而且对环境有很大的负面影响。常规电网的供应往往是不可靠的，或者电网延伸是非常昂贵的。大会倡议运营商对基站现场规划采用太阳能阵列、风力发电机组等。2008 年 11 月在澳门的亚洲移动通讯大会和展览会上还专辟了一个绿色能源专题。

中国移动和联通等早在 21 世纪初就开始尝试在移动基站中采用风能、太阳能和风光互补电源。中国移动还在 2007 年提出了"绿色能源计划"，2009 年宣布了到 2012 年其通讯基站 20％的能源来自可再生能源的目标。目前，远离电网的移动通信基站的电源正由柴油发电机为主向风能和风光互补为主过渡，以获取尽可能高的投入产出比以及环境效益。

（5）交通监控及森林、海洋数据监控

随着环保意识的提高和加强，人们也在通过各种途径保护自然资源。比如国家林业局的"退耕还林"、国家海洋局的"可持续发展战略"

等。人们需要更多更快地获取信息，以实现对这些资源的有效保护和利用。最基本的方法是在森林、海洋、铁路、高速公路沿线建立监测网，并实现实时的信息传递。然而，诸如海洋、森林等所在地区多数远离常规电网，因为没有电力供应，无法使用监控设备，人们无法在第一时间获得准确有效的信息，也就无法对森林火险、海啸、交通事故等做出正确的判断以及及时做出相应的决定和措施，从而产生了巨大的损失，甚至付出宝贵的生命。

随着人们对可再生能源认识的提高，利用可再生能源进行离网型独立发电的技术得到了快速发展，解决这些地区电力供应问题的技术已经成熟。可再生能源离网独立发电成为解决这些地区电力供应的主要途径之一。小型风力发电就易于为这些监测网的正常工作提供电力。如我国的南极中山站安装了一台 10kW 的风力发电机组为科考站融冰供电，已连续工作了 5 年，目前正在考虑扩容。

（6）科研与教学

可再生能源的应用以及理论研究越来越受到各方面的重视，许多高校开始将可再生能源的开发、利用等作为一项教学内容，让高校学生对诸如：风力发电、光伏发电、水力发电、秸秆发电、地热、生物质能等能源有初步的认识，培养他们对可再生能源的兴趣，为我国在可再生能源界储备各类人才。许多学校纷纷开设了风力发电课程，添置了风力发电试验和示范设备，如内蒙古理工大学的风能测试中心、总后工程学院教学示范系统、秦皇岛陆军学院、浙江大学教学示范项目、山东建筑工程学院教学示范项目、上海第二工业大学教学示范项目等。

（7）出口

由于我国小型风力发电机组价格较低，中间商利润空间较大，近年来国际上对我国小型风力发电机组的需求量逐年增加。据我国农业机械工业协会风力机械分会统计，2010 年出口 100kW 以下中小型风力发电组共 46080 台，出口装机容量 62155.5kW，外汇收入 6984.92 万美元。这些产品出口到 107 个国家和地区，其中 60% 以上属于并网分布式风力发电设备。

3.4.4　配套产品

对离网型的风能或风光互补系统，一般由能量采集（风力发电机）、能量控制（充电控制器、逆变器、中控模块、交直流配电）及能量存储（蓄电池组）三部分组成。对并网型的分布式风力发电系统，一般由能量采集（风力发电机）和能量控制（并网逆变器）两部分组成。

（1）充电控制器

充电控制器是系统中非常重要的一个部件，关系到整个风力发电系统是否能正常工作。许多系统故障都是由控制器的问题造成的。由于各企业生产的风力发电机组的结构、功率曲线、过速和过功率保护的原理不尽相同，一般充电控制器不能通用。一些生产小型风力发电机组的企业自己设计和配套充电控制器，如远东博力；有些采用专业充电控制器生产企业生产的控制器配套。专业生产风能控制器的企业有合肥阳光、北京恒电等。

但是，不少风力发电机组的生产企业和用户对风能充电控制器与风力发电机组的密切关系认识不足，随意选择充电控制器，导致风力发电机组或控制器烧毁，而且在事故发生后责任难以分清，使一部分风能充电控制器的专业生产企业对生产配套控制器逐渐失去热情。

（2）逆变器

无论是离网 DC/AC 逆变器，还是并网逆变器，一般都由专业企业生产。生产逆变器的企业现在主要有合肥阳光、北京恒电和南京冠亚等。单机容量从几百瓦到几十千瓦，输出有方波、调制正弦波和标准正弦波。离网 DC/AC 逆变器的研发和设计在"送电到乡"项目实施过程中得到很大的发展，质量和可靠性不断提高。

由于我国目前尚未允许小型可再生能源发电设备上网，因此针对小型风力发电机组并网的产业尚未完全发展起来。

（3）蓄电池

蓄电池是离网风能系统的主要储能方式。目前我国还没有专门用于可再生能源发电系统的蓄电池，最常用的是铅酸蓄电池，其次是碱性蓄电池。铅酸蓄电池最常用的是 AGM 阀控电池，其次是富液式蓄电池，还有胶体阀控蓄电池。"送电到乡"项目的实施为针对可再生能源离网发电系统的蓄电池的研发和生产带来巨大动力。产品质量得以提高，价格有所下降。但是由于蓄电池每隔 3～5 年要更换一次，蓄电池仍然是导致小型风力离网发电电站建设成本居高不下，不可持续的主要原因之一。

目前生产蓄电池的主要厂家有：江苏双登、山东圣阳和重庆万里等。一些企业正在研发全钒液流电池、磷酸铁锂电池，但是由于成本较高，目前尚无法在小型风能发电领域中推广应用。

4 太阳能

4.1 我国太阳能资源概述

太阳能是最为丰富的可再生能源资源，太阳能发电是太阳能最主要的利用形式之一，具有巨大的发展潜力。我国陆地每年接受的太阳能辐射能理论估算值为 $1.47\times108\times10^8$ kW·h，约合 4.7×10^8 tce。我国拥有 130.8×10^4 km² 沙漠（包括戈壁及沙漠化土地）土地资源，"十一五"末城市可利用建筑面积（包括屋顶与南立面）达 200.2×10^8 m²，分别具备安装 500×10^8 kW 与 20×10^8 kW 的能力。我国太阳能资源区划示意图见图12。太阳能发电将成为我国继水电、风电之后最具规模化、产业化发展潜力的可再生能源。

4.1.1 荒漠太阳能资源应用潜力概述

我国虽然幅员辽阔，但仍有超过 11％ 的国土面积为不能用于耕作的沙

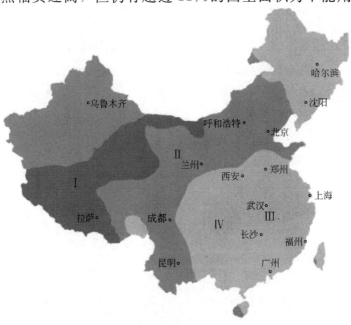

图 12　我国太阳能资源区划示意图（不含东、南、西沙群岛数据）

数据来源：国家气象局

68

漠、戈壁、荒地和滩涂，总面积约为 $130 \times 10^4 km^2$。我国主要沙漠分布图见图 13。按照 $40MW/km^2$ 的估计，我国荒漠太阳能装机潜力容量可达到 $500 \times 10^8 kW$。如考虑其中 1% 的荒漠面积可以用于开发，则装机容量可达到 $5 \times 10^8 kW$。

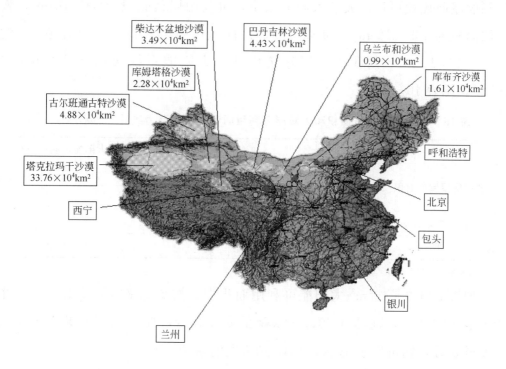

图 13　我国主要沙漠分布图（东、南、西沙群岛略）

数据来源：国土资源部

这些荒漠资源主要分布在光照资源丰富的西北地区，包括西藏、新疆、青海、甘肃、内蒙、宁夏等省区，年总辐射一般在 $1600kW \cdot h/m^2$ 以上，是大型并网荒漠电站建设的主要区域。

其中新疆地区荒漠面积最大，但由于大多处于边远地区，远离负荷中心并且电网远距离输送困难，因此光伏发电市场潜力受到地域和消费市场影响比较大，市场空间有限。

内蒙古和河北靠近北京、天津、河北等用电地区，市场潜力较大；青海、甘肃、宁夏、陕西太阳能资源丰富，荒漠面积较大，可向中东部地区远距离输电，市场前景可观。

69

4.1.2 与建筑结合的太阳能资源应用潜力概述

我国现有房屋建筑面积 $430 \times 10^8 m^2$，屋面面积 $178 \times 10^8 m^2$，如其中 50％的屋面面积可用于安装太阳能系统，可利用屋顶面积约 $89 \times 10^8 m^2$；南向墙面积为 $139 \times 10^8 m^2$，如 80％的墙面面积可用于安装太阳能系统，大约为 $111.2 \times 10^8 m^2$，则我国房屋建筑可利用太阳能系统面积合计 $200.2 \times 10^8 m^2$，见表 16。

表 16　我国房屋建筑面积和太阳能可利用面积及市场潜力统计　单位：$\times 10^8 m^2$

屋面类型		总面积	太阳能可利用面积
我国房屋屋面面积	城市房屋屋面面积	22.0	11.0
	农村房屋屋面面积	156.0	78.0
我国房屋南向墙面面积		139	111.2
总计			200.2

数据来源：2009 年光伏产业发展报告。

如果 $200.2 \times 10^8 m^2$ 太阳能可利用面积中，按照每平方米安装 100W 光伏电池保守估计，则具有 $20 \times 10^8 kW$ 的安装容量，如果 50％安装太阳能光伏发电系统，则可以装 $10 \times 10^8 kW$ 光伏发电系统。

从市场潜力来看，我国与建筑结合的光伏发电市场潜力最大的领域是南向墙面，其次是农村房屋屋顶，最后是城市屋顶。从太阳能光伏发电的经济性来看，太阳能光伏发电应该"先发展城市经济承受力强的区域，后发展农村经济承受能力较弱的区域"。从太阳能光伏发电自身特性来看，太阳能光伏发电系统应该"先安装于屋顶，后安装于南向屋面"。

目前，全世界的 90％并网光伏发电系统是以与建筑结合的方式（BAPV）安装在经济承受能力较好的城市建筑之上。就我国来说，仅以北京、天津、上海、南京、广州、杭州等几个较为发达的大城市的城市屋顶为例，如果到 2030 年这几个较发达城市 30％的屋顶面积能够安装太阳能光伏发电系统，则这些城市的光伏发电系统市场潜力合计约为 $4288 \times 10^4 kW$，如表 17 所示。

表 17 我国 2030 年主要城市与建筑结合的屋顶光伏发电资源潜力

城市		屋顶面积/×10^8 m²	可利用屋顶面积/×10^8 m²	市场潜力/×10^4 kW
华北	北京	3.13	0.939	1127
	天津	1.32	0.396	475
	石家庄	0.35	0.105	126
	济南	0.56	0.168	202
华东	上海	1.57	0.471	565
	南京	1.13	0.339	407
	无锡	0.54	0.162	194
	苏州	0.37	0.111	133
	杭州	0.72	0.216	259
华南	广州	1.68	0.504	605
	深圳	0.54	0.162	194
总计		11.91	3.573	4288

4.2 太阳能光伏发电

太阳能光伏发电是利用半导体的光电转换效应将太阳能直接转化为电能的固态发电技术，是太阳能利用的一种重要形式。本章主要介绍 2010 年我国太阳能光伏发电产业的发展情况。

4.2.1 我国太阳能光伏发电市场现状

我国太阳能光伏发电开始于 20 世纪 70 年代，一开始由于价格较高，发展缓慢。2002 年后，我国先后实施了"西藏无电县建设"、"中国光明工程"、"西藏阿里光电计划"、"送电到乡工程"以及"无电地区电力建设"等国家计划，使光伏市场有所增长。近年来随着发电成本的下降和技术水平的提高，光伏市场在政府的推动下开始有了比较快的发展。2009 年，我国先后启动了"光电建筑"、"金太阳示范工程"和敦煌大型荒漠光伏电站招标等多个项目，2010 年又启动了第二轮大规模光伏特许权招标项目，在这些项目的带动下，到 2010 年底我国光伏发电累计安装量达到 860MW，当年新增装机 560MW。具体数据见图 14。

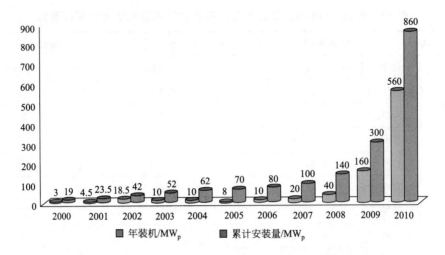

图 14 我国历年太阳能光伏年装机量和累计安装量

2010 年，我国首个 10MW 太阳能光伏发电特许权招标项目顺利建成并开始并网发电。随后，相关部门相继启动了 280MW 太阳能光伏发电站特许权招标和 200MW "金太阳和光电建筑应用示范工程"（又简称"金太阳示范工程"）关键设备供应商招标，我国国内太阳能光伏发电市场规模显著扩大。

在大型电站方面，2010 年 6 月，国家能源局启动的第二轮太阳能光伏发电特许权招标是迄今为止我国最大规模光伏电站的特许权招标项目，共涉及陕西、青海、甘肃、内蒙、宁夏和新疆西北六省的 13 个光伏电站项目，装机容量共计 280MW。其中，11 个项目装机容量为 20MW，其余两个项目装机容量为 30MW。2010 年 9 月，此次招标正式结束，其中中国电力投资公司共中标青海、甘肃、新疆等地的 7 个项目，华能集团和国电集团中标两个项目，国华能源投资有限公司和包头鲁能白云鄂博风电有限责任公司各中标一个项目。所有项目的中标电价介于 0.7288~0.9907 元/(kW·h)。第二轮太阳能光伏发电特许权招标的顺利完成，进一步扩大了国内大型并网电站的市场空间，同时为我国大规模发展太阳能光伏发电提供了决策参考依据。

在与建筑结合的太阳能光伏发电方面，为加强"金太阳示范工程"和"光伏屋顶计划"示范工程建设管理，2010 年 9 月，财政部、科技部、住房城乡建设部和国家能源局联合下发《关于加强金太阳示范工程和太阳能光电建筑应用示范工程建设管理的通知》，对之前下发的《财政部、科技部、国家能源局关于实施金太阳示范工程的通知》和《财政部关于印发太阳能光电建筑应用财政补助资金管理暂行办法的通知》中有关政策内容进行了相应调整。2010 年 10 月,200MW 金太阳和光电建筑应用示范工程(又简称"金太阳示范工程")关键设备供应商入围招标开标会召开,我国与建筑结合的太阳能光伏发电市场也得到了进一步扩展。

从市场分布来看,农村电气化、与建筑结合的光伏发电和大型光伏并网电站是我国太阳能光伏发电的主要市场,图 15 是 2010 年我国太阳能光伏发电装机的市场分布情况。

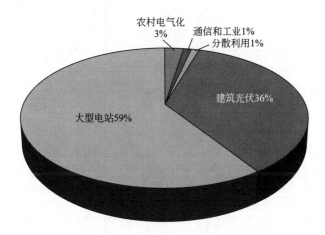

图 15　2010 年我国太阳能光伏发电装机的市场分布情况

从我国太阳能光伏市场区域分布来看,江苏、宁夏、青海、山东等是年增光伏安装量和累计安装量较多的省份(自治区),表 18 为 2010 年我国光伏市场的区域分布情况。

表 18　我国太阳能光伏发电装机地区分布

序号	省区	2010 新增装机容量/×10⁴kW	2010 累计装机容量/×10⁴kW
1	江苏	8.10	11.97
2	宁夏	3.50	8.57
3	青海	7.40	7.63
4	山东	5.02	5.69
5	甘肃	2.40	3.53
6	云南	2.30	3.08
7	江西	2.27	2.28

序号	省区	2010 新增装机容量/$\times 10^4\,\mathrm{kW}$	2010 累计装机容量/$\times 10^4\,\mathrm{kW}$
8	浙江	1.74	2.24
9	上海	1.54	2.23
10	西藏	1.69	2.05
11	北京	0.20	1.97
12	河北	1.48	1.76
13	广东	1.02	1.75
14	安徽	1.61	1.73
15	陕西	1.07	1.71
16	山西	1.50	1.50
17	内蒙古	1.05	1.39
18	黑龙江	1.00	1.00
19	湖北	0.48	0.83
20	河南	0.74	0.74
21	福建	0.68	0.68
22	新疆	0.27	0.57
23	辽宁	0.30	0.53
24	四川	0.13	0.18
25	湖南	0.15	0.16
26	海南	0.00	0.02
27	天津	0.01	0.01
28	广西	0.00	0.01
29	其他	10.24	20.56
总计		57.89	86.37

　　总体而言，我国光伏市场近两年保持了快速发展的态势，但与国际上的发展情况相比，仍表现为基数低、总量小，特别是与我国光伏制造业的发展速度不对称，"市场在外"的局面没有改变，2010 年国内安装量仅占太阳电池生产量的 5% 左右，仍有 95% 以上的产品出口，我国的光伏产业仍完全依赖国际市场，需要进一步扩大国内市场。

4.2.2　我国太阳能光伏发电产业现状

　　受《可再生能源法》的鼓励，同时也得益于国际市场的拉动，我国的光伏电池制造产业在 2004 年后飞速发展，开始大量出口，产能和产量也大幅度增加。截至 2010 年底，我国太阳能光伏电池产量为 $800 \times 10^4 \, \mathrm{kW}$。具体数据见表 19。

表 19　2009 年国内太阳能光伏电池产量及增长率

年　　份	2004	2005	2006	2007	2008	2009	2010
国内太阳能光伏电池产量/MW	50	200	400	1088	2600	4011	8000
国内太阳能光伏电池产量年增长率		300%	100%	172%	139%	54%	99.5%

特别是 2006 年以后，我国光伏电池生产量快速上升，2007 年以后开始成为世界光伏电池的最大生产国，2007～2010 年连续 4 年产量世界第一，占世界光伏电池生产的比例也由 2006 年的 17% 增加到 2010 年的 50% 左右，从目前的情况看，我国光伏产业已经具有生产规模上的先发优势和技术水平上的同步优势，具体数据见表 20。

表 20　我国历年光伏电池产量及占世界光伏电池产量的比例

年　　份	2007	2008	2009	2010
世界光伏产量/MW	4000	7900	10660	16000
我国光伏产量/MW	1088	2600	4011	8000
所占份额/%	27.20	32.91	37.63	50.00
世界排名	1	1	1	1

目前，我国太阳电池生产主要以晶体硅电池为主。光伏产业链主要由高纯硅材料制造、硅锭/硅片生产、太阳电池制造、光伏组件封装以及光伏发电系统等多个产业环节组成。

（1）高纯多晶硅

2010 年我国主要多晶硅产量和产能见表 21。

从我国高精度多晶硅的缺口比例来看，2010 年我国国产多晶硅产品缺口比例约为 47%，较上年的 49.1% 下降不多，较 2007 年以前的 89% 有了明显下降。过去几年多晶硅缺口比例情况见表 22。

2011 年，由于下游产业链在 2010 年迅速扩产，我国多晶硅产业的内需驱动特征将会继续加强，国内市场需求进一步扩大，预计国内多晶硅需求量将达到 $10 \times 10^4 \, \mathrm{t}$ 左右，根据目前的生产情况，国内多晶硅的产量无法满足要求。多晶硅的生产从开工建设到达到设计产能需要至少 2 年，稳定生产 3

表 21 2010 年我国主要多晶硅产量和产能

省　份	企业名称	2010 年产量/t	2010 年产能/t
四川	新光硅业	1000	1000
四川	四川永祥	850	1000
四川	峨眉半导体	1200	2200
四川	雅安永旺硅业	660	1500
四川	四川瑞能硅材料	1300	3000
四川	天威四川硅业	1300	1500
四川	乐山乐电天威硅业	1700	3000
江苏	江苏中能	17000	21000
江苏	扬州顺大	1500	1500
江苏	无锡中彩	800	1200
河南	洛阳中硅	4000	5000
陕西	陕西天宏	880	1250
重庆	重庆大全	4000	4300
湖北	南玻硅业	1400	1500
江西	LDK	4960	10000
其他		2500	5000
总计		45050	63950

数据来源：2010 多晶硅调查组。

表 22 我国多晶硅近年产量和缺口情况

年　份	2006	2007	2008	2009	2010
国内多晶硅产量/t	300.0	1100.0	4729.0	20357.0	45050.0
实际需求/t	4000.0	10000.0	25000.0	40000.0	85000.0
缺口/t	3700.0	8900.0	20271.0	19643.0	39950.0
进口百分比/%	92.5	89.0	81.1	49.1	47.0

年，总共 5 年的扩产周期，可以预见，今后 1～2 年内我国的多晶硅仍然会处于紧缺的状态。

（2）产业链的其他环节

我国硅锭/硅片生产厂家已经超过 60 家，由于硅锭/硅片生产的技术门槛不高，只要有设备和高纯硅原材料就可以投入生产，从 2007 年以后，我国的硅锭/硅片产量一直与下游太阳电池的产量同步增长。2007 年晶硅锭产量达到 11810t（其中多晶硅 3740t）。约折合 1100～1200MW_p 太阳电池，硅片产量与之相当；2008 产量 19621t，约合 2453MW_p，也与太阳电池产量相当，2009 年产量 32000t，相当于 4000MW 太阳电池，与下游光伏电池的产量保持基本一致。

2010 年世界光伏市场需求强劲，我国的光伏企业的产量也有了大幅度增长，我国主要光伏电池企业的产量也无一例外地翻了一番以上。我国主要光伏企业 2010 年电池和组件产量见表 23 和表 24。

表 23　我国主要光伏企业 2010 年电池产量与 2009 年对比

光伏企业	河北晶澳	无锡尚德	保定英利	常州天合	苏州阿特斯	江苏林洋
2009 年/MW	509	704	525	399	326	220
2010 年/MW	1500	1200	1000	930	700	450
年增长/%	194.70	70.45	90.48	133.08	114.72	104.55

表 24　我国主要光伏企业 2010 年电池产量

光伏企业	2009 年电池产量/MW	2010 年电池产量/MW
河北晶澳	509	1500
无锡尚德	739	1200
保定英利	525	1000
常州天合	399	930
苏州阿特斯	326	700
江苏林洋	220	450
晶科	120	400
中电	194	300
宁波太阳能	140	200
常州亿晶光电	135	150
浙江向日葵	120	150
LDK	0	120
竣鑫太阳能	80	100
其他	504	800
总产量	4011	8000

除了原有的名牌光伏企业，一些新入行的企业也有很好的业绩，如浙江正泰、国电光伏、江苏海润、江西晶科、四川天威等。由于受 38 号文的制约，投资多晶硅受到限制，于是资金转向下游产业链，据行业协会的统计，我国 2010 年新建光伏电池生产线 400 条（每条标准生产线 25 MW），新增产能 10 GW，到 2010 年底我国光伏电池的产能已经超过 20 GW，是 2009 年全球光伏产量的 2 倍。

我国光伏组件的生产企业大约有 300 家，产能甚至超过太阳电池，但受到电池片供应和成本的制约，实际产量与太阳电池基本相当。

在制造设备方面我国近几年发展也很快，20 世纪 90 年代中期，我国光伏制造设备几乎 100 ％ 进口，而现在光伏制造设备的国产化率已经达到 70 ％，但一些高端设备仍需进口，有些高端设备虽然国内可以生产，但质量的差距还很大，如多晶硅还原炉、四氯化硅回收氢化设备、大尺寸多晶硅铸锭炉、多线切割机、PECVD 设备、自动丝网印刷机、组件自动焊接机等；在某些基础材料方面也还依赖进口，如制造坩埚的高纯石英粉、制造光伏电池用的银浆、多线切割机用的钢线、制造封装材料 EVA 用的高分子材料等。在装备制造和基础材料方面还有很多工作要做。我国光伏产业链各环节产能和产量情况见表 25。

表 25　我国光伏产业链各环节产能和产量

年　　份	2009		2010	
产业链	产能	产量	产能	产量
多晶硅/t	40000	20357	60000	45000
硅锭/硅片/t	40000	40000	80000	70000
太阳电池/MW	8000	4011	200000	8000
光伏组件/MW	10000	5000	200000	9000

4.2.3　我国太阳能光伏发电经济性

2010 年，我国太阳电池的成本持续下降，国际竞争力增强。目前，太阳电池的成本仅有 1.2～1.4 美元/W_p（相当于人民币 7～10 元/W_p），大约比欧美太阳电池的平均价格低30%。GreenTech Media最近公布了世界排名前14位的光伏生产商的光伏组件成本，其中8家是我国企业。世界著名光伏企业光伏组件生产成本见表26。

表26　世界著名光伏企业光伏组件生产成本（2010年）

排名	生产企业	组件成本/(美元/W_p)	折人民币/(元/W_p)
1	First Solar(美国)碲化镉薄膜电池	0.730	4.89
2	保定英利	1.080	7.24
3	常州天合	1.080	7.24
4	无锡尚德	1.200	8.04
5	Sharp(日本)晶体硅	1.250	8.38
6	Sharp(日本)非晶硅	1.300	8.71
7	浙江正泰(晶体硅)	1.300	8.71
8	SunPower(美国)	1.320	8.84
9	苏州阿特斯	1.350	9.05
10	江西 LDK	1.350	9.05
11	江苏林洋	1.400	9.38
12	江西晶科	1.400	9.38
13	三菱(日本)非晶硅	1.420	9.51
14	Kyocera(日本)	1.500	10.05

数据来源：GreenTech Media，Oct.，2010。

　　未来，太阳能光伏发电成本有着广阔的下降潜力。对于太阳能多晶硅而言，新型太阳能多晶硅工艺的开发，未来多晶硅原料的价格有望降到15美元/kg以下；对于太阳能电池来讲，未来商业晶体硅电池的转换效率有望达到25%，薄膜电池的转化效率有望达到15%；对于电池组件价格来说，未来太阳能电池组件价格有望下降到3～4元/W；平衡系统价格有望下降到1～1.5元/W。

　　在此条件下的太阳能光伏发电初始投资有望达到5000元/kW，光伏发电成本有望达到0.3元/(kW·h)。表27为我国太阳能光伏发电价格成本下降与潜力预测。

表 27　我国太阳能光伏发电价格成本下降与潜力预测

		2007 年	2009 年	2015 年	2020 年	未来潜力空间
多晶硅价格/(美元/kg)		300～400	60～100	20～45	15～25	<15
组件效率/%		14.3	15	18～20	20～25	>25
系统价格	组件价格/(元/W_p)	25～30	14～15	8～10	5～6	3～4
	平衡系统价格/(元/W)	7～10	4～6	3～4	2～3	1～1.5
初始投资价格/×10⁴ 元/kW		4～5	2～2.5	1.5	1.0	0.5
光伏发电成本/(元/kW·h)		4	1.3～1.5	1.0	0.6	0.3

初步预计到 2015 年，我国太阳能光伏发电系统初始投资有望降到 1.5 万元/kW，发电成本小于 1 元/(kW·h)，可以在配电侧达到平价上网。经过努力，到 2020 年初始投资有望达到 1 万元/kW，发电成本达到 0.6 元/kW·h，可以在发电侧达到"平价上网"。

4.2.4　我国太阳能光伏发电政策

4.2.4.1　中央政府光伏市场政策

我国的光伏市场激励政策以补贴政策为主。我国最初的光伏市场无电地区独立光伏电站，是由国家全额投资建设的；但由于光伏发电的成本高和缺乏长期的市场激励政策，之后的光伏市场又陷入停顿状态，即使 2006 年开始实施的《可再生能源法》也未能推动我国光伏市场的形成。2009 年，我国开始实施"太阳能光电建筑应用示范项目"和"金太阳能示范工程"，明确为光伏发电系统提供补助，我国光伏市场正式启动。

（1）太阳能光电建筑应用财政补助资金

2010 年 4 月，财政部印发"关于组织申报 2010 年太阳能光电建筑应用示范项目的通知"，继续支持太阳能光电在城乡建筑领域应用的示范推广。优先支持太阳能光电建筑应用一体化程度较高的建材型、构件型项目；优先支持已出台并落实上网电价、财政补贴等扶持政策的地区项目；优先支持 2009 年示范项目进展较好的地区项目。

2010 年补助标准为：对于建材型、构件型光电建筑一体化项目，补贴标准原则上定为 17 元/W；对于与屋顶、墙面结合安装型光电建筑一体化项目，补贴标准原则上定为 13 元/W；具体补助标准将依据今年光电产业发展情况进行适当调整。

（2）金太阳政策

为加强"金太阳示范工程"建设管理、进一步扩大国内光伏发电应用规模、降低光伏发电成本、促进战略性新兴产业发展，财政部、科技部、住房城乡建设部和国家能源局于 2010 年 9 月联合下发《关于加强金太阳示范工程和太阳能光电建筑应用示范工程建设管理的通知》，对关键设备招标、示范项目选择、补贴标准、项目监督管理和示范项目并网等相关政策进行了调整。根据该通知，示范工程采用的晶体硅光伏组件、并网逆变器以及储能铅酸蓄电池等三类关键设备通过统一招标确定中标企业、中标产品及其中标协议供货价格，并按中标协议供货价格的 50% 给予补贴，其他费用采取定额补贴。

2010 年 10 月，四部委联合启动 200MW"金太阳和光电建筑应用示范工程"关键设备供应商招标工作，对晶体硅光伏组件、并网逆变器以及储能铅酸蓄电池 3 类关键设备进行了集中招标，16 家国内企业中标，如表 28 所示。

表 28　2010 年"金太阳与光电建筑应用示范工程"关键设备供应商招标

入围企业		入围产品规格型号		协议供货价格
		180W_p	230W_p	
光伏电池组件	英利能源（我国）有限公司	YL185P-23b/1310 * 990	YL235P-29b/1650 * 990；YL240P-29b/1310 * 990	10.5 元/W_p
	上海太阳能科技有限公司	S-180C（195W）	S-230D（235W）	10.8 元/W_p
	江阴海润太阳能电力有限公司	HR-185-24/Aa	HR-235P-18/Cb	11 元/W_p
		50kW 以上	50kW 以下	
逆变器	北京京仪绿能电力系统工程有限公司	JYNB-100K JYNB-500K	JYNB-5KVI	0.69 元/W
	北京科诺伟业科技有限公司	KNGI900-100PTA KNGI900-150PTA KNGI900-250HEA KNGI900-500HEA	KGI-5	0.86 元/W
	北京能高自动化技术有限公司	Sunvert50 Sunvert 100 Sunvert 250	Sunvert25	0.918 元/W

入围企业	入围产品规格型号		协议供货价格	
	50kW 以上	50kW 以下		
逆变器 深圳科士达科技股份有限公司	KSG-55K KSG-110K	KSG-2K KSG-3K KSG-5K	0.88 元/W	
南京冠亚电源设备有限公司	GSG50KTT-V GSG100KTT-V GSG250KTL-V GSG500KTT-LV	无	1.1 元/W	
许继集团有限公司	GBL200-100 GBL200-500	无	0.98 元/W	
合肥阳光电源股份有限公司	SG50k3 SG100k3 SG250k3	SG30k3	1.3 元/W	
中达电通股份有限公司	ESI53B100 AN ESI53B250 AN ESI53B500 AN	RPI203N	0.98 元/W	
	2V	12V	2V	12V
蓄电池 山东圣阳电源股份有限公司	100/200/300/400/500/ 600/800/1000/1200/ 1500/2000Ah	18/42/50/70/100/ 150/200Ah	0.626 元 /(W·h)	0.536 元 /(W·h)
广州市恒达电池有限公司	100/150/200/300/400/ 500/1000Ah	7/17/24/38/65/100/150/ 200Ah	0.69 元 /(W·h)	0.48 元 /(W·h)
武汉银泰科技电源股份有限公司	200/300/400/500/600/ 800/1000/1500/2000/ 3000Ah	24/38/50/65/80/100/ 120/150/200Ah	0.63 元 /(W·h)	0.54 元 /(W·h)
扬州欧力特电源有限公司	100/200/300/400/500/ 600h/800/1000/2000Ah	17/24/38/50/65/70/80/ 90/100/120/150/200Ah	0.64 元 /(W·h)	0.54 元 /(W·h)
风帆股份有限公司	200/300/400/500/600/ 800/1000/1500/2000Ah	7/12/18/24/33/38/55/ 65/75/90/100/150/200/ 250Ah	0.63 元 /(W·h)	0.51 元 /(W·h)

数据来源：财政部。

在用户侧并网管理方面，该通知要求电网企业要积极支持示范项目在用户侧并网，进一步规范和简化并网程序，完善相关技术标准和管理制度，为项目单位提供便利的并网条件；用户侧光伏发电项目所发电量原则上自发自用，富余电量按国家核定的当地脱硫燃煤机组标杆上网电价全额收购。"金太阳示范工程"政策和管理体系的完善对我国分布式光伏发电的市场发展起到了良好的推动作用。

（3）太阳能光伏发电特许权招标项目

2010 年 6 月，国家能源局正式启动了第二轮并网光伏发电特许权示范项目招标，这是迄今为止我国规模最大的并网光伏发电特许权示范项目，共涉及陕西、青海、甘肃、内蒙、宁夏和新疆西北六省的 13 个光伏电站项目，项目总装机共计 280MW，其中 11 个子项目装机容量为 20MW，两个子项目装机容量为 30MW，建设期为两年。2010 年 9 月，项目招标正式结束，其中中国电力投资公司共计中标青海、甘肃、新疆等省的 7 个子项目，华能集团和国电集团各中标 2 个子项目，国华能源投资有限公司和包头鲁能白云鄂博风电有限责任公司各中标 1 个子项目，十三个子项目中标电价介于 0.7288～0.9907 元/（kW·h），具体见表 29。

表 29 我国 280MW 太阳能光伏电站特许权招标

项目名称	中标企业名称	中标电价/[元/（kW·h）]
陕西榆林靖边 20MW 光伏并网发电特许权项目	国华能源投资有限公司	0.8687
青海共和 30MW 光伏并网发电特许权项目	中电投黄河上游水电开发有限责任公司	0.7288
青海河南 20MW 并网发电特许权项目	中电投黄河上游水电开发有限责任公司	0.8286
甘肃白银 20MW 并网发电特许权项目	中电国际新能源控股有限公司	0.8265
甘肃金昌 20MW 光伏并网发电特许权项目	华能新能源产业控股有限公司	0.7803
甘肃武威 20MW 光伏并网发电特许权项目	中电国际新能源控股有限公司	0.8099
内蒙古阿拉善 20MW 光伏并网发电特许权项目	内蒙古国电能源投资有限公司	0.8847
内蒙古包头 20MW 并网发电特许权项目	包头鲁能白云鄂博风电有限责任公司	0.7978
内蒙古巴彦淖尔 20MW 光伏并网发电	内蒙古国电能源投资有限公司	0.8444
宁夏青铜峡 30MW 光伏并网发电特许项目	华能新能源产业控股有限公司	0.9791
新疆哈密 20MW 光伏并网发电特许项目	中电投新疆能源有限公司	0.7388
新疆吐鲁番 20MW 并网发电特许权项目	中电投新疆能源有限公司	0.9317
新疆和田 20MW 并网发电特许权项目	中电投新疆能源有限公司	0.9907

数据来源：国家能源局。

第二轮并网光伏发电特许权示范项目招标的顺利推进,一方面拓展了国内大型并网光伏电站的市场空间,另一方面也为我国太阳能光伏发电规模化应用提供了相关决策参考依据。

4.2.4.2 地方政府光伏市场政策

除了中央政府政策以外,在保增长、拉内需、促发展的新的形势下,各级政府都在把振兴经济当作主要工作加以足够重视,也相应出台了相关政策和规划。这些政策也可分为以下两大类:一是经济实力比较雄厚的东部省份,自筹资金对光伏发电项目进行额外的补贴,实施地方固定上网电价政策,主要有江苏省、浙江省和山东省;二是西部省区,充分发挥其有大量荒漠土地的优势,实施优惠的土地政策,吸引光伏电站落户当地,代表省区有甘肃省、青海省和宁夏回族自治区。

江苏、浙江、山东、宁夏等省份都是 2009 年就已经出台了相关政策。

其中江苏省发布《江苏省光伏发电推进意见》,大力发展江苏光伏发电,计划建立省光伏发电扶持专项资金,用于光伏并网发电电价补贴,补贴光伏发电项目目标电价与脱硫燃煤组件标杆上网电价的差额。

浙江省发改委、浙江省物价局、浙江省电力工业局联合发布"关于浙江省太阳能光伏发电示范项目扶持政策的意见",以期推动太阳能光伏发电示范项目的建设和运营,到 2012 年,浙江省政策扶持光伏发电示范项目总装机控制在 50MW 以内。采取电价补贴方式,上网电价按当年燃煤脱硫机组标杆电价加 0.70 元/(kW·h) 结算,全省电价补贴电量按不超出光伏总发电量的 70% 掌握;项目所在地政府通过项目资金补贴进行扶持。

青海省 2010 年 3 月出台了《关于促进太阳能光伏风能发电等新能源产业项目用地意见》。该文件明确规定,太阳能光伏、风能发电等新能源产业用地均采取划拨方式供地;同时明确了以青海省被国家能源局确定为光伏电站建设示范基地为契机,积极争取国家在下达建设用地计划指标时向青海省倾斜,在下达指标计划时优先安排、单独下达,确保用地计划指标的落实和项目顺利落地。

青海省将《青海省太阳能综合利用总体规划》、《青海省风电场工程规划》、《青海省柴达木盆地千万千瓦级光伏发电基地规划报告》中列入的新能源项目全部纳入当地土地利用总体规划，充分发挥规划的统筹引导作用。青海省要求各级国土资源部门要积极主动做好太阳能发电等新能源产业项目用地服务工作，在项目预审阶段，配合项目业主做好选址过程中压覆矿床、地质灾害危险性评估等前期工作，7个工作日内完成用地预审工作。

4.2.5 我国太阳能光伏发电发展面临的问题

太阳能光伏产业作为一个新兴的可再生能源产业，在快速发展的同时，也面临着自身经济性、技术创新、政策扶持和配套设施建设等多方面的困难和挑战，主要表现如下。

从经济性的角度，高成本仍然是我国太阳能光伏发电应用的主要障碍。我国太阳能光伏发电要达到"平价上网"仍然有较长的路要走。目前国内太阳电池的价格大约在 $12 \sim 13$ 元/W_p，系统投资在 $2.0 \sim 2.5$ 万元/kW，均较国际平均水平约低 $10\% \sim 15\%$，但对比火力发电建设投资 6000 元/kW、风力发电 1 万元/kW，太阳能光伏发电的建设成本是火电的 $4 \sim 5$ 倍、风力发电的 $2 \sim 3$ 倍。

同时太阳能光伏发电的年发电小时数在我国平均约为 1300 小时，也远小于火力发电的 5000 小时和风力发电的 2000 小时。

从产业发展的角度，我国光伏发电的关键技术有待进一步提升，高端生产设备尚没有摆脱进口的局面。从上游多晶硅材料来看，太阳能多晶硅产业技术已经在国家引导以及光伏市场的推动下，实现了百吨级向千吨级的提升，初步实现了闭路循环、环保节能生产；但同国际先进水平先比，在单位产品能耗上还有一定的差距。

从太阳能电池生产设备来看，晶体硅电池用的大部分高档设备仍需进口，如大尺寸（500kg 以上）铸锭炉、多线切割机、PECVD 镀膜设备、自动丝网印刷机、全激动焊接机等；特别是薄膜太阳能电池设备和技术水平（包括制造设备）与国外差距很大，产业化步伐缓慢。

除此之外，太阳能光伏电池配套材料也是较大的制约因素，如电子浆料、石墨制品、石英制品、EVA 材料等，虽然国内已经开展了一定的初步研究，但主要以仿制进口产品为主，大部分产品档次较低。

从政府扶持的角度看，政策支持的力度和手段尚不足以促进国内光伏发电市场的大规模发展，产业对国外市场的依赖仍在持续。从政策角度来看，国家还没有公布普遍适用的光伏发电的上网电价，大部分光伏发电上网项目仍然处于"一事一议"的阶段。而且"金太阳示范工程"属于初投资补贴的激励政策，不利于提升系统的质量和长期运行的可靠性。

从宏观规划角度来看，除了上网电价以外，国家尚未对光伏发电的发展规划进行明确。尽管 2007 年，国家发改委已经公布《2020 年可再生能源中长期发展规划》，但对于太阳能光伏发电的规划目标明显偏低，不利于整个产业的发展，而修正后的《新能源振兴计划》还没有出台。因此，制定适合我国国情的政府规划将有利于营造光伏产业健康发展的环境。

4.2.6 我国太阳能光伏发电发展前景

我国太阳能光伏发电应该结合世界各国太阳能光伏产业的发展经验和我国的自身特点，有目标有步骤地有序进行。

（1）2015 年以前，根据我国实际情况，重点解决无电和边远地区电力供应。

到 2005 年我国尚有 270 万户、1200 万人口居住在边远无电地区，其中至少有 150 万户需要采用光伏发电来解决用电问题（其他居民则依靠电网延伸和小水电来解决）。同时，还应当充分开发离网光伏发电和光伏发电分散利用市场，除了无电地区电力建设外，太阳能通信电源、石油气象、太阳能路灯、草坪灯、交通信号电源、城市景观、电动汽车充电站等分散利用方式也应当大力推广。

（2）2020 年以前，可以借助于光伏发电自身的特点和优势，重点发展东部与建筑结合的分布式光伏发电和西部地区大型荒漠电站。

考虑太阳能光伏发电成本仍然较高，与建筑结合的分布式光伏发电系统不受电网送出能力的限制，位于负荷中心，就地发电，就地消纳，可以在东部经济承受能力较高的地方推动与建筑结合的分布式光伏发电系统；同时结合智能电网建设和西部开发，在西部地区推动大型荒漠电站建设。

（3）2030 年以前，考虑化石能源紧缺，并根据智能电网建设和储能技术突破，重点发展大型和超大型荒漠电站和电动汽车充电电源。

2030 年以后，随着储能技术的突破和电网建设的完善，重点应放在输电侧或发电端并网的大型光伏电站，这对解决我国能源安全问题的作用很大（2030 年以后，太阳能光伏发电将在我国能源供应中占据重要角色）。

4.3　太阳能热利用

太阳能热利用主要包括太阳能热水器、太阳能热发电、太阳灶和太阳房等。目前太阳能热水器作为一种经济节能和减排的产品，已经形成产业规模，同时新技术和新产品不断涌现，取得了不同程度的发展。

4.3.1　太阳能热水器产业发展现状

（1）太阳能热水器产业产能和规模

太阳能热水器在我国热水器行业中是一种经济、节能、减排产品，经济性比电、燃气热水器好，因此占有率得到了快速提升。其节能效果，Ⅰ～Ⅳ类太阳能资源区内平均每平方米太阳能热水器，一年可替代 160kgtce。减排 SO_2，NO_2，温室气体 CO_2 与烟尘，环保效益明显。

2010 年，我国太阳能热水器生产量和运行保有量继续保持世界第一。太阳能热水器年生产量达到 $4900 \times 10^4 m^2$，同比增长 16.7%，运行保有量达到 $1.68 \times 10^8 m^2$，同比增长 15.9%，具体见表 30。

我国太阳能热利用产业已形成了从原材料加工、集热器生产到热水器生产的完整产业链，同时产品开发制造、工程设计、营销和市场服务的产业服务体系不断增强，带动了玻璃、金属、保温材料和真空设备等相关行业的发展。2010 年真空管热水器产业链中原材料硼硅玻璃总产量 $89 \times 10^4 t$、全玻璃真空镀膜线 2000 多条。

自 1990 年后我国一直是世界上太阳能热水器生产和使用大国。2010 年，全国太阳热水器生产企业的总产值达到 700 多亿元，比 2009 年增长 100 多亿元，为社会提供了超过 350 万个就业机会。

表 30　1998～2010 年太阳能热水器年生产量和保有量

年份	总产量			保有量		
	面积×10⁴ m²	热装机量 /MW_th	比上年增长/%	面积/×10⁴ m²	热装机量 /MW_th	比上年增长/%
1998	350	2450	—	1500	10500	—
1999	500	3500	43	2000	14000	33
2000	640	4480	28	2600	18200	30
2001	820	5740	28	3200	22400	23
2002	1000	7000	22	4000	28000	25
2003	1200	8400	20	5000	35000	25
2004	1350	9450	12.5	6200	43400	24
2005	1500	10500	11.1	7500	52500	21
2006	1800	12600	20	9000	63000	20
2007	2300	16100	30	10800	75600	19.4～20
2008	3100	21700	32.5	12500	87500	15.70
2009	4200	29400	35.5	14500	101500	16
2010	4900	34300	16.7	16800	117600	15.9

注：世界上通用计算：1m² 太阳能集热器相当 0.7kW 热装机容量。

（2）装备制造业

太阳能热水器行业一开始由于投资门槛较低，进入的企业数量较多，整个产业的品牌集中度很低。现在共有企业 3000 家左右，其中整机企业 1800 家左右，其余为配套、配件厂家。其中销售额超过亿元的有 30 多家，其中产值 20 亿元人民币以上的企业有 4 家，5 亿元～10 亿元 2 家，1 亿元～5 亿元 20 多家。近几年随着太阳能热水器产业的发展，以及领头企业的装备升级，使得产业的生产自动化水平和生产效率逐渐提高，行业的市场竞争也越来越激烈，逐渐进入规模化竞争，尤其是家电下乡以来，在一些政策的激励下，大的领头太阳能热水器品牌都开始进行大规模扩张和产业升级，实施跨地区经营，进行全国性战略布局与拓展，而一些生产落后的小企业则逐渐面临被淘汰或兼并的风险，这使得目前进入太阳能热水器产业的投资门槛不断提高。随着整体产业规模的扩大，企业的产能也在不断扩大，现在已有多家企业的产能超过了 100 万台。

随着大型骨干企业大规模生产基地的建设，适合我国国情的现代化、工业化的生产设备得到应用，如太阳能真空自动流水生产线、全程自动化高压智能发泡线，水箱连续加工生产线等，这些自动化生产设备的应用，使得我国太阳能热水器工业化生产模式基本成型，大大提升了整个产业的效率和形象。同时，一些企业开始引入现代化企业的管理制度和理念，筹划上市，希望通过公开上市筹集资金，形成规模效益。

但企业数量多，大小企业并存的现象变化不大，产品同质化现象没有明显的转变。2010年有3000多家太阳能热水器企业，其中整机企业1800家左右，其余为配套、配件厂家。

（3）产业保证体系

我国已建成并完善了产业发展的保证体系。建立了三个国家级产品检测中心，即"国家太阳能热水器质量监督检验中心（北京）"和"国家太阳能热水器产品质量监督检验中心（武汉）"，另外，国家太阳能热水器质量监督检验中心（昆明）站也基本筹建完毕。建立了北京鉴衡认证中心（CGC）——金太阳标志；中国建筑科学研究院（认证）——CABR标志；以及中环联合（北京）认证中心有限公司——十环标志等三个太阳能热水器认证中心，其中，前两个机构是开展对太阳能热水器的产品质量认证，后一个机构则是开展针对太阳能热水器的环境影响认证，侧重点有所不同，但这些认证均属于自愿认证。

2010年，太阳能热利用产业链逐步调整，从配套材料、配件零部件和现代化设备供应形成了较完善的产业配套体系，从研发、市场和服务也形成了较完善的运营服务体系，整个产业配套体系得到不断完善。在产品结构上，平板集热器由于在与建筑结合、大型太阳能热利用工程等方面具有优势，规模和比例逐渐扩大，2010年平板热水器占6.1%，比2009年提升了1.3%。

（4）市场发展

2010年，我国的工程市场2010年占总量的近45%，农村市场发展很快，逐步由中发达地区向次发达地区与欠发达地区普及，国际市场出口已扩展到150多个国家和地区，出口额度达到2.5亿美元，约占全国太阳能热水器市场的2.39%。2010年，出口的主要产品是集热管和热水器，也开始向国外出口生产设备和成套生产线，开始在当地合作建厂。

（5）产业政策

2010年2月和12月，第二轮和第三轮太阳能产品下乡招投标完成，中标产品补贴范围逐步扩大，平均中标价格有所提升，参与和中标企业数量不断增加。太阳能热水器市场从少数几个重点省份迅速向全国扩展，中西部地区市场快速启动、增长迅速，销售与售后服务渠道需继续扩展完善。2010年家电下乡规模达到 $900 \times 10^4 \mathrm{m}^2$，对节能减排和改善农村居民的生活水平发挥了重要作用，促进了农村市场的普及。另外，很多地方政府出台的新建建筑太阳能热水器强制安装政策，加快了太阳能热水器在建筑上的普及和应用。

4.3.2 太阳能热利用领域的新技术与新产品

太阳能热利用的新技术和新产品不断涌现。目前主要有以下几类：

（1）推广和应用适合国情的全天候直插紧凑式全玻璃真空管太阳能热水器，进一步提高产品质量和可靠性，提高生产率降低生产成本；

（2）开发和推广太阳能低温热水集成技术。包括高效集热、储热技术，机电一体化和运行技术，辅助能源技术，控制技术与建筑结合技术等；

（3）开发高效平板太阳能集热器技术及工业化生产技术，开发太阳吸收比约0.92，发射比不大于0.10的涂层技术，玻璃盖板的太阳透射比约0.90，第一热损系数不大于 $4\mathrm{W}/(\mathrm{m}^2 \cdot \mathrm{K})$；以及配套的平板集热器先进生产装备；

（4）开发、生产、推广分离式二次回路承压太阳能热水系统等新型太阳能热水系统；

（5）开发、推广太阳能热水采暖技术；

（6）大力开发太阳能中温集热技术，80～250℃，拓宽太阳能热利用在工农业生产中的应用：纺织、食品、化工、制冷、空调与海水淡化等；

（7）开发主、被动式太阳房技术和空气集热器及太阳灶等产品开发；

（8）大力研发太阳能热发电技术。

4.3.3 太阳能热利用产业存在的问题

（1）产业升级

我国的太阳能热利用产业经过这几年的发展，规模不断扩大，但是企业规模小，产业集中度较低，企业管理制度多为家族式管理。还比较缺乏现代化管理制度，全国拥有几千家太阳能热水器生产企业，但产业集中度较低，大部分企业的装备及管理还比较落后，因此如何提高企业的管理水平，创建世界知名品牌，增强企业的核心竞争力，改变太阳能热水器企业传统的家庭作坊式形象是整个产业面临的挑战。目前规模较大的企业已经开始进行装备的改造。因此如何以现代化的装备和先进的企业管理制度来进行产业升级是未来几年太阳能热利用行业面临的一个制约因素。

（2）产业服务体系

太阳能热水器产业的产品质量控制体系、市场监管体系、市场服务体系等产业体系有了一定的发展，但还需要不断加强和完善。目前我国太阳能检测中心的检测能力无法满足产业发展的需求，无法完成产品的中高温及超低温技术检测，需要从硬件和软件两方面加强、提升检测能力，另外水箱容积大于等于600L的太阳能热水系统和其中的主要部件太阳能集热器，还未被列入产品质量国家监督计划，大型太阳能热水系统的检测体系及能力还需要建立。家电下乡活动中，对产品的售后服务提出了较为明确的规定和要求，但是对于太阳能热水器产品的售后服务尚没有国家级的明确规定。市场的监管体系和社会化服务体系还有待建立，以规范和满足国内日益扩大的市场。

（3）技术和产品

太阳能热利用系统要在建筑供热、取暖、制冷及工业领域得到大规模发展，关键是中高温集热器技术和蓄热技术能否有所突破。集热器是太阳能热水系统的关键部件，它的技术水平决定了太阳能热利用的应用范围。目前主要是低温热水（温度低于80℃）应用。对于太阳能取暖、太阳能空调、太阳能海水淡化及工业领域应用，太阳能热水温度都要达到100℃以上才能得到较好的系统效率，因此发展中高温集热器（80～250℃）就成为关键。

同时随着集热技术的提高和市场的发展，也会促使与之配套的太阳能取暖空调设备、海水淡化设备及工业用热设备的发展。蓄热技术也是太阳能热利用未来扩大应用范围的重要方面，尤其是在太阳能区域性供热、取暖、综合系统方面有着重要作用。而对于目前普遍使用的太阳能热水器，其产品品种单一，难以满足用户的不同需求，特别是城市高端客户的需求。我国的主流产品为整体直插式太阳能热水器，与国际上先进的二次循环、承压产品相比，其缺点是洗浴的舒适性和卫生性较差，不易与建筑结合，不利于城市市场的应用。如果未来国产太阳能热水器不能满足用户日益提高的品质要求，那将最终有可能导致国外的太阳能热水器大量进口并占领国内的高端市场，或是用户转用电热水器或燃气热水器。

（4）人才培养机制

目前我国虽然是太阳能热水器的生产与应用大国，但作为新兴产业我国还缺乏太阳能的人才培养机制。随着太阳能热利用产业的不断发展，应用范围的不断扩大，越来越需要跨学科的专业人才，尤其是系统的集成设计人员及熟练的系统安装人员，这些人才将直接影响太阳能热利用产品的研发、生产水平，太阳能热利用系统的设计合理性、运行稳定性和可靠性，从而影响整个产业的发展，也将制约我国向太阳能热利用强国的转变。

4.3.4　太阳能热利用发展展望

（1）市场规模保持增长趋势，市场竞争将会加剧

未来太阳能热水器市场将继续保持稳定增长态势，市场渠道进一步下沉，中西部地区以及农村市场将会是新的增长热点。大型企业将继续实施大规模扩张，在靠近市场的地方建设生产基地，全国性生产格局即将形成，市场竞争将会进一步加剧，品牌集中度将进一步提高。在新型生产基地的建设中，自动化、工业化的生产装备得到进一步推广应用，整个产业的生产效率，自动化水平将进一步提升。

（2）应用领域逐步扩大，中高温产品开发开始向商品应用转化

未来太阳能采暖、太阳能工业应用等新应用技术将会从试点示范进入小规模推广阶段，中高温集热技术及产品的研发已取得一定的成效，未来仍将增强这方面的研发与示范，并逐步进行产业化生产，在试点示范应用之后，转化成商品化应用。这将成为太阳能热利用未来非常重要的发展方向。

（3）产品的质量控制、市场监管体系和服务体系将是市场发展关键

随着太阳能产品家电下乡的进一步深入以及地方政府强制安装等激励政策的实施，对太阳能热利用产品的质量监控、市场服务体系提出了更高的要求。未来越来越多的企业入围家电下乡，如何控制产品质量和服务体系建设显得尤为重要。

4.4 太阳能热发电

太阳能热发电是指利用聚光器将低密度的太阳能汇聚到焦斑处，使其生成高密度的能量，然后由工作流体将其转化成热能，再利用热能发电的方式。目前按应用技术类型不同，一般分为槽式、塔式、碟式和菲涅耳式等几种类型。

在这几种方式中，点聚焦的碟式/斯特林太阳能热发电系统的成本不随系统容量的增加而降低，适合于分布式发电，而槽式、菲涅耳式太阳能热发电和塔式太阳能热发电的成本都随系统容量的增加而下降，适合于集中式规模化发电。

建立大规模太阳能热发电站，需要好的太阳能资源和大片的土地。太阳能热发电主要使用太阳直射辐射资源。在我国直射太阳能资源丰富、土地空置率高的半固定、固定沙地沙丘和洪积及洪积冲积戈壁地区是建立太阳能热发电站的最佳选择之一。

我国有条件发展太阳能发电的沙漠和戈壁面积约 $30 \times 10^4 \mathrm{km}^2$，有以下几个地区适合建立大规模太阳能电站。

（1）浑善达克沙地

分布于内蒙高原东部，行政区包括内蒙锡林郭勒盟的南部和赤峰的西北部，总面积为 $2.14 \times 10^4 \mathrm{km}^2$。

（2）科尔沁沙地

位于东北平原的西部，散布于西辽河下游干支流沿岸的冲积平原上，沙地的北部也有一部分分布在冲击－洪积台地平原上，总面积为 $4.23 \times 10^4 \mathrm{km}^2$。

（3）呼伦贝尔沙地

分布在内蒙古东北部呼伦贝尔高平原上，大致在海拉尔市和呼伦湖之间，总面积为 $0.72 \times 10^4 \mathrm{km}^2$。

（4）准噶尔盆地的沙漠

位于新疆的北部，是我国沙漠分布最多的地区之一，除盆地中央为古尔班通古特沙漠外，还有一些小沙漠分布在边缘，还有一些沙漠零星分布在额尔齐斯河下游及艾比湖以西一带；沙漠边缘为洪积、冲积戈壁，西北部则以剥蚀戈壁为主；古尔班通古特沙漠位于准噶尔盆地的中央，是我国第二大沙漠，总面积为 $4.88 \times 10^4 \mathrm{km}^2$。

我国的太阳能热发电尚处于研发、示范阶段，科技部 863 重点项目"MW 级塔式热发电技术与示范"于 2010 年完成研究并进行示范项目的建设工作，目前项目正处在现场安装阶段，系统的部分部件已经在现场安装完毕，计划在 2011 年并网发电。2010 年开始的 973 基础研究项目支持开展"高效规模化太阳能热发电基础研究"，项目实施期为 2010～2014 年。

2010 年 10 月，国家能源局正式启动 50MW 槽式太阳能热发电特许权示范项目招标工作，该项目位于内蒙古鄂尔多斯，是全国首个太阳能商业化光热发电特许权示范项目，主要内容包括设计、投资、建设、运营、维护一个 50MW 太阳能热发电站，建设周期为 30 个月，特许经营期为 25 年。由于光热发电的投资和运营成本的仍然较高，需要依靠市场机制推动技术进步和突破成本瓶颈。因此，此次特许权招标对我国光热发电的发展具有重要意义。标志着太阳能热发电在我国实际应用的开始，将会带动相关配套系统、产品的研发和生产，太阳能热发电产业开始进入培育阶段。

太阳能热发电是太阳能的高温利用，电力品质好，可以担当基础电力负荷，因此近几年得到了很多国家的重视，尤其是美国和欧洲国家。我国的太阳能直射资源比较丰富，又有较多的沙漠和戈壁面积，因此这几年对太阳能热发电的关注度也越来越高。结合我国的实际情况和国外发展的过程，可以看出太阳能热发电的发展趋势。

趋势一、电站的大规模化发展。降低太阳能热发电成本的必要途径是规模化，机组容量越大，则电站的综合效率就会提高，单位投资成本及度电成本就会降低，国外公布的正在建设和规划的太阳能热发电厂的装机容量和规模都在不断扩大。

趋势二、与常规能源电厂联合运行。太阳能热发电系统与常规能源电厂，在我国主要是与火电厂联合运行，将是未来太阳能热发电主要应用形式。这种联合运行系统可以高效利用太阳能热系统提供相对的低温、低压水蒸气，结合常规能源电厂的高温、高压热源，可以大大提高系统的综合运行效率。

趋势三、吸热、储热、传热等新型技术与新型产品的研究。太阳能热发电包含了光学、热学、材料学等多学科，而吸热、储热与传热等的技术和产品的研发与生产状况，直接决定了太阳能热发电产业的发展状况。目前国内在不同领域，尤其是高校和科研机构都对太阳能热发电的各个环节有所研究，近几年也有一部分企业投入了较大的人力和物力跟踪和研究这个产业。主要是高温太阳能真空管吸热器、聚光器、高温传热工质、高温储热设备等新技术、新产品的研发与生产。

趋势四、分布式热发电系统。为适应边远地区或无电、缺电地区的供电需要，开发利用分布式太阳能热发电系统将成为今后太阳能热发电技术研发的另一个重要发展趋势。分布式太阳能热发电系统供电效率高、占地面积小，机组体积小，并可多台机组并联运行发电组成小型发电站，构成小型区域供电网。碟式热发电系统可单机标准化生产、综合效率高，特别适用于分布式热发电系统，是首选发展方式。在目前碟式系统发电装置制造技术尚不成熟的情况下，槽式热发电系统可作为建设分布式热发电系统的主要发展方式。

5 生物质能

5.1 我国的生物质能资源状况

生物质能资源来源十分广泛。依据生成方式和来源，生物质能资源主要包括两大类，一是工农业和生活中产生的各类废弃生物质，包括农作物秸秆、林业剩余物、城乡和工业有机垃圾；二是潜在的人工培育生物质资源，包括各类能源农作物、能源林木等。

（1）农作物秸秆

根据全国秸秆资源调查结果，目前我国农作物秸秆理论资源量为 $8.2 \times 10^8 t$，秸秆可收集资源量为 $6.87 \times 10^8 t$，秸秆未利用资源量为 $2.15 \times 10^8 t$。长期以来，秸秆一直是农民的基本生产、生活资料，是保证农民生活和农业发展生生不息的宝贵资源，可用作肥料、饲料、生活燃料、食用菌基料以及造纸等工业原料等，用途十分广泛。但是，随着农村经济快速发展和农民收入的提高，秸秆的传统利用方式正在发生转变。调查结果表明，秸秆作为肥料使用量约为 $1.02 \times 10^8 t$，占可收集资源量的 14.78％；作为饲料使用量约为 $2.11 \times 10^8 t$，占 30.69％；作为燃料使用量（含秸秆新型能源化利用）约为 $1.29 \times 10^8 t$，占 18.72％；作为种植食用菌基料量约为 $1500 \times 10^4 t$，占 2.14％；作为造纸等工业原料量约为 $1600 \times 10^4 t$，占 2.37％；废弃及焚烧约为 $2.15 \times 10^8 t$，占 31.31％（图16）。

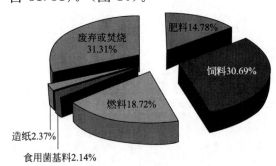

图16　农作物秸秆利用分配比

（2）林业生物质

可进行能源化利用的林业生物质资源主要包括：森林原木采伐剩余物和木材加工剩余物；不同林地（薪炭林、用材林、防护林、灌木林、疏林等）中育林剪枝和四旁树（田旁、路旁、村旁、河旁的树木）剪枝获得的薪材量。

林业剩余物中的森林采伐及木材加工剩余物和薪炭林等所产薪柴的实物量保守估计为 1.55×10^8 t，折 1.1×10^8 tce。但是，目前相当部分的林木剩余物实际上已被利用，主要是用作为农民炊事燃料或复合木材制造业等工业原料。

（3）畜禽粪便

畜禽粪便主要来自圈养的牛、猪和鸡三类畜禽。根据不同月龄的牛、猪和鸡的日排粪量以及存栏数和粪便收集系数，估计粪便实物量为 14.7×10^8 t，可开发量为 9.4×10^8 t，折合约 0.33×10^8 tce。

（4）城市生活垃圾

随着城市规模的扩大和城市化进程的加速，我国城镇垃圾的产生量和堆积量均在逐年增加。根据 2010 年我国城市建设统计年鉴，截止到 2009 年底，全国 654 个城市生活垃圾清运量为 1.573×10^8 t。目前，全国城市生活垃圾累积堆存量已达 70×10^8 t，占地约 80 多万亩（1 公顷＝15 亩）。

（5）工业有机废水

我国的工业有机废水主要来自轻工和非轻工两个行业。其中轻工业主要包括酒精、制糖、啤酒、黄酒、白酒、淀粉、味精、饮料和造纸等行业，每年排放有机废水 17.6×10^8 t，废渣 0.4×10^8 t。非轻工业行业主要包括制药、屠宰、石化、天然橡胶和糠醛等 10 多个行业。每年排放有机废水 26.1×10^8 t，废渣为 9×10^8 t。我国工业有机废水总量达到 43.7×10^8 t。

5.2　产业发展现状概述

5.2.1　生物质发电

2010 年底，全国建成各类生物质发电装机合计约 550×10^4 kW。"十一五"期间（2006～2010 年），我国在生物质发电领域的投资额增加显著，平均每年均增长 30％以上，从 2006 年的 168 亿元增加到 2010 年的 663 亿元；已经投产的总装机规模由 2006 年的 $140 \times 10^4 kW$ 增加到 2010 年的 $550 \times 10^4 kW$，如表 31 所示。生物质发电的增长速度从 2006 年至 2009 年逐年呈逐步放缓趋势。

表 31　2006～2010 年生物质能发电产业规模统计

年份	总装机规模/$\times 10^4 kW$	总装机规模增长率	投资总额/$\times 10^8$ 元	投资总额增长率
2006	140		168	
2007	220	57.14％	256	52.38％
2008	315	43.18％	347	35.55％
2009	430	36.51％	452	30.26％
2010	550	29.92％	663	46.73％

数据来源：2010 年我国生物质发电行业风险分析

5.2.2　沼气利用

我国大中型沼气工程最早出现在 20 世纪 60 年代。随着户用沼气池的发展，20 世纪 70 年代出现了以禽畜粪便为原料的大中型沼气工程。近些年来，随着规模化禽畜养殖场的逐年增加以及工业企业的发展，禽畜粪便和工业污水排放量急剧增加，为厌氧发酵生产沼气提供了极为丰富的原料，为大中型沼气工程的发展提供了充足的原料保障。

据我国农业部统计，截止到 2010 年底，我国农村户用沼气 4000 万户，占适宜农户总数的 33.3％。我国农业废弃物沼气工程达 72741 处，年产沼气约 $10.54 \times 10^8 m^3$。其中：大型沼气工程 4641 处，年产沼气约 $6.13 \times 10^8 m^3$；中型沼气工程 2.28 万处，年产沼气约 $2.77 \times 10^8 m^3$；小型沼气工程 4.53 万处，年产沼气 $1.64 \times 10^8 m^3$。户用沼气池和大中型沼气工程的年沼气利用总量约为 $140 \times 10^8 m^3$，约折 $1000 \times 10^4 tce$。

我国沼气工程建设情况见图 17。从图 17 中可以明显看出近三年我国农业废弃物沼气工程数量稳步增长，随着国内沼气技术进步和装备制造水平提高，沼气工程规模将继续增长。

5.2.3　成型燃料

生物质成型燃料在我国处于产业化发展初期阶段，通过近年来的技术改

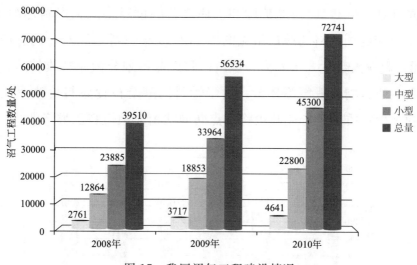

图 17 我国沼气工程建设情况

数据来源：《2008、2009、2010 年度全国农村可再生能源统计汇总表》（农业部科技教育司）。

进和创新，主要设备已经基本实现国产化，生物质成型燃料初步呈现良好发展势头。2010 年，我国专业生产生物质成型机生产厂家约 60 家，年销售生物质成型机约 450 套（台），产值 1.6 亿元。我国生物质成型燃料生产厂大约 250 家，生物质成型燃料产量超过 350×10^4 t/年，产值约为 19.2 亿元。生产原料主要有各类秸秆和林业加工剩余物等，主要用作禁煤城市（如 2010 年亚运会举办城市广州）的小型燃煤锅炉替代燃料。为加快推进秸秆能源化利用，培育生物质成型燃料应用市场，2010 年财政部根据《秸秆能源化利用补助资金管理暂行办法》，向 50 余家生产规模超过 1×10^4 t/年的企业提供合计约 2.7 亿元财政补助，支持了约 200×10^4 t 固体成型燃料的生产。

目前，国内很多企业和大专院校、科研院所开发成功挤压式、液压冲击式、螺杆式成型燃料生产设备，并在生物质发电、取暖炉、锅炉、机制木炭生产等方面广泛使用。

5.2.4 生物液体燃料

（1）生物燃料乙醇

我国的燃料乙醇产业始于 20 世纪 90 年代，2000 年以后进入快速发展时期，经过几年的试点和推广使用，乙醇汽油在生产、混配、储运及销售等方面已拥有较成熟的技术，燃料乙醇年生产量已从 2005 年的 102×10^4 t 增加到

2010 年的 $184×10^4t$，成为继美国和巴西之后的世界第三大燃料乙醇生产国。2005～2010 年我国燃料乙醇产量见图 18。2010 年燃料乙醇产业的总产值约为 142 亿元，就业人数达 3.4 万人。燃料乙醇产业可划分为原料收储运、原料加工、产品生产、成品销售等环节。由于燃料乙醇受粮食原料价格及供应等因素的制约，生物质能源产业政策将重点转向扶植非粮燃料乙醇产业。

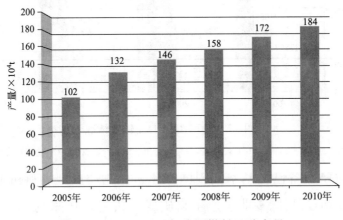

图 18　2005～2010 年我国燃料乙醇产量

目前，陈化粮乙醇项目仍依赖高额补贴；木薯乙醇、甜高粱乙醇和麻风树生物柴油等非粮生物液体燃料技术产业化进程刚缓慢起步；纤维素乙醇、藻类生物柴油等生物液体燃料技术仍落后于国际领先水平，普遍处于零散、小规模的实验室和中试阶段。从生产 1t 乙醇的成本来看，甜高粱乙醇最为经济，但由于原料供给和保障能力不足以及生产工艺的成熟度不够等因素，至今没有形成规模化生产。最近国内的几家实力雄厚的企业正在分别启动甜高粱乙醇项目和纤维素乙醇项目，规模都在万吨以上，预计在"十二五"期间，我国在非粮燃料乙醇产业的投资将进一步扩大。

发展非粮食乙醇的首要条件是解决原料的生产及供应问题，由于目前木薯、甜高粱的种植还远未达到非粮乙醇产业化所需要的规模，产量方面也无法满足非粮乙醇企业的发展要求，无论在原料的合理布局还是在种植品种以及单产上都存在一定的问题，在很大程度上制约非粮乙醇产业化的进程。此外，木薯和甜高粱都存在原料供给的季节性、原料运输半径太大的问题，在大规模产业化推广前，成熟产业化发展模式还需进一步确认。

（2）生物柴油

近年来，我国生物柴油产业发展并不顺利，原料收集供应体系不完善和原料价格不稳定始终制约着产业发展。2010 年，我国生物柴油市场的整体环境发生了巨大改观。2010 年初，由我国海洋石油总公司投资兴建的年产 6 万吨生物柴油产业化示范项目正式投产。这是海南首个建成投产的生物柴油项目，也是国家发改委批准的"首批国家级生物柴油产业化示范项目"中最早投产的一个。该套生物柴油加工装置是由中海油与中石化石油科学研究院合作，将其开发的高压酯交换生物柴油生产工艺进行首次工业放大，形成具有国内自主知识产权的专利技术和专有设备。同时，在海南省推广 BD5、BD10 生物柴油销售，形成国内首个生物柴油销售示范市场。项目原料选用以小桐子（麻风树）为主的能源林树种。项目的建成每年将减少二氧化碳排放约 14×10^4 t，减少一氧化碳排放约 400t，减少二氧化硫排放量约 60t，减少可吸入颗粒物排放量约 100t。

据不完全统计，2010 年我国生物柴油产能超过 100×10^4 t，但受资源供给限制，全年产量约为 40×10^4 t。生物柴油产业仍需要培育生物柴油能源林，进一步扩大生物柴油销售市场的步伐。

5.3 生物质能相关政策

5.3.1 生物质发电政策

在 2005 年颁布的《可再生能源法》中明确指出"国家鼓励和支持可再生能源并网发电"，它的颁布和实施为我国可再生能源的发展提供了法律保证和发展根基。随后，与之配套的一系列法律、法规、政策等陆续出台，如《可再生能源发电有关管理规定》（发改能源 [2006] 13 号）、《可再生能源发电价格和费用分摊管理试行办法》（发改价格 [2006] 7 号）、《可再生能源电价附加收入调配暂行办法》（发改价格 [2007] 44 号）、《关于 2006 年度可再生能源电价补贴和配额交易方案的通知》（发改价格 [2007] 2446 号）、《关于 2007 年 1～9 月可再生能源电价附加补贴和配额交易方案的通知》（发改价格［2008］640 号）等的发布。与此同时，国务院有关部门也相继发布了涉及生物质能的中长期发展规划，生物质能的政策框架和目标体系基本形成。

2006 年，国家发改委明确生物质发电项目的上网电价在各省脱硫燃煤机组标杆电价基础上补贴电价 0.25 元/(kW·h)。根据发改委和电监会相关文件，农作物秸秆另外享受 0.1 元/(kW·h) 的临时补贴，总补贴标准实际达到 0.35 元/(kW·h)。此外，生物质发电可享受收入减计 10% 的所得税优惠；秸秆生物质发电享受增值税即征即退政策。在上述优惠政策下，生物质发电企业仍然难改整体亏损局面，根据近几年生物质发电产业的实际发展状况，国家对生物质发电补贴做了大幅调整。2010 年，国家发改委发布了《关于完善农林生物质发电价格政策的通知》，将全国农林生物质发电执行的上网电价，统一调高为 0.75 元/(kW·h)（含税）。

5.3.2 沼气相关政策

2003 年以来，中央大力支持农村沼气建设，投资规模和支持领域不断拓展。沼气作为农村清洁能源，长期获得财政补贴。沼气补贴主要用于农村家用互用沼气池、大中型沼气工程和技术服务体系的建设。

2009 年 5 月 6 日，国家发改委和农业部联合印发《关于下达农村沼气项目 2009 年第二批新增中央预算内投资计划的通知 》（发改投资［2009］1185 号），决定提高对沼气服务网点的补助标准。截至目前，中央已累计投入 248 亿元支持发展农村沼气。其中 2008 年和 2009 年，分别新增 30 亿元和 50 亿元农村沼气项目投资。2010 年，中央投资 52 亿元补助建设农村沼气，新增沼气用户 320 万户，其中大中型沼气工程 1000 处以上。继续加强沼气服务体系建设，推进后续服务管理提升行动，着力提高沼气使用率和"三沼"利用率，促进农村沼气发展上规模、上水平。2011 年，国家将继续支持发展农村沼气，力争年末农村沼气户数达到 4325 万户，比上年增加325 万户。

5.3.3 生物燃料政策

出于能源、环保和经济发展等不同角度的考虑，我国政府自 2000 年开始就在积极推动生物燃料产业的发展，先后制定了《可再生能源法》、《可再生能源发展专项资金管理暂行办法》、《B100生物柴油标准》等法规、标准和管理办法来规范行业的发展。据2006年公布《生物燃料乙醇及车用乙醇汽油"十一五"发展专项规划》。发改委还专门制定了《车用乙醇汽油扩大试点工作实施细则》，以规范生物乙醇产业原料采购、生产、渠道、销售的行为。2009年我国政府提出将加大对发展车用替代燃料的汽车市场的投入，计划在三年内将对汽车制造商进行技术升级和开发替代燃料汽车提供100亿元人民币的补贴。

2010年5月，国家发改委等四部委联合发出《关于组织开展城市餐厨废弃物资源化利用和无害化处理试点工作的通知》，有利于推动建立餐饮废油原料收集体系，规范生物柴油原料市场；9月，国家质检总局和国家标准委联合发布了《生物柴油调和燃料（B5）》标准，为生物柴油正式进入市场奠定基础；11月，海南省开始在柴油中掺混使用生物柴油。12月，财政部和国家税务总局恢复对利用废弃动植物油脂生产的纯生物柴油免征消费税的优惠政策。上述一系列支持政策有利于规范和改善生物柴油市场、促进生物柴油产业的健康发展。

5.4 绿色能源示范县建设

绿色能源县建设是国民经济和社会发展第十一个五年规划纲要确定的新农村建设重点工程之一，是加强农村基础设施建设、促进农村经济社会发展的重要措施。建设绿色能源县的主要目的是通过开发利用可再生能源、建立农村能源产业服务体系、加强农村能源建设和管理等措施，为农村居民生活提供现代化的绿色能源、清洁能源，改善农村生产生活条件，为建设资源节约型、环境友好型社会和实现全面建设小康社会目标做出积极贡献。

2007年9月国家发改委发布的可再生能源中长期发展规划中提出，绿色能源示范县建设要与沼气利用、生物质固体成型燃料和太阳能利用相结合，要求到2010年全国建成50个绿色能源示范县，到2020年绿色能源县普及到500个。

2009年12月国家能源局发文要求各省（区、市）报送绿色能源县的推荐申报材料。文件明确了绿色能源县的指导思想、基本条件和基本要求以及评价指标。经各省区市推荐和专家评审，2010 年 10 月 28 日国家能源局、财政部、农业部对可再生能源开发利用基础较好、成绩突出、发展目标明确、管理体制健全的北京市延庆县、江苏省如东县等 108 个县（市）授予了"国家首批绿色能源示范县"称号。

为规范财政资金管理，保障绿色能源示范县建设顺利进行，2011 年 4 月 6 日财政部能源局农业部发布了《绿色能源示范县建设补助资金管理暂行办法》（财建〔2011〕113 号）。文件规定了中央财政示范补助资金按照"政府引导、市场运作、县级统筹、绩效挂钩"的原则管理，示范补助资金支持的范围、用途和条件，以及补助的方式、监管和考核方法。

为做好绿色能源示范县建设工作，规范管理程序，明确建设要求，落实责任主体，发挥示范作用，促进农村能源产业持续健康发展，2011 年 5 月 26 日国家能源局、财政部和农业部制定并发布了"绿色能源示范县建设管理办法"。办法对示范县的规划、实施、运行管理和监督检查做了详细规定。

为了推进项目的标准化和规范化建设，2011 年 7 月 6 日国家能源局、财政部和农业部又发布了"绿色能源示范县建设技术管理暂行办法"，规定建设单位应优先从《绿色能源示范县建设项目设备供应和技术服务企业推荐目录》中选择关键设备供应企业。示范县建设应遵循"技术先进、工艺可行、设备可靠、优化集成"的方针，在充分调研、科学论证的基础上，制定符合当地实际的技术方案和建设模式，确保项目整体功能的实现。

2011 年 6 月，三部委组织专家对各地上报 84 个示范县的实施方案进行了评审，第一批有 26 个县通过了评审。对剩余的示范县实施方案，三部委将会继续组织评审。中央财政对每个通过评审的绿色能源县的补助资金原则上不超过 2500 万元。按照 2015 年建成 200 个绿色能源示范县的目标，补贴总额将近 50 亿元。对示范县的支持范围主要包括沼气集中供气工程、生物质气化工程、生物质成型燃料工程的基础设施和关键设备以及农村能源服务体系建设等内容。我国计划在"十二五"期间将建成 200 个绿色能源县。

6 地热能

6.1 地热能资源

地热能是一种清洁能源，与传统的化石能源相比，地热资源数量巨大。据科学家测算，地球内部的总热能量约为全球煤炭储量的 1.7 亿倍。每年从地球内部经地表散失的热量，相当于 1000 亿桶石油燃烧产生的热量。

地热资源主要分布于构造活动带和大型沉积盆地之中，前者资源量较集中，如藏、滇、川和东南沿海以及辽东-胶东一带；后者资源分布面广，如京、津、陕、冀等地区。地热能资源可分为传导型地热能资源和对流型地热能资源。地热能资源按温度分级，分为高温地热能资源（温度≥150℃）、中温地热能资源（温度<150℃且≥90℃）和低温地热能资源（温度<90℃）三级。在地表浅层地热能也是地热能资源的组成部分。

科学勘查和评价地热能资源是规划和合理开发地热能资源的基础。地热能资源的勘查方法主要包括：区域地质资料分析，遥感解译，地热地质调查，地球化学调查，地球物理勘查，地热钻探和动态监测。建国以来，各方面不断开展了地热地质工作，初步查清了全国地热能资源的基本状况。

目前地热能资源评价的依据是国家标准《地热资源地质勘查规范》（GB 11615—2010）。资源计算针对热储层储存的地热能和地热流体，同时计算热储中的储存热量（J）、储存地热流体量（m^3）、地热流体可开采量（m^3/天或 m^3/年）及其可利用的热能量（J）。山区泉（井）口温度≥25℃，为地热资源评价的温度下限，低于上述标准的泉（井）点不予计算评价。平原区地温梯度≥3℃/100 米的地区，圈定的地热（田）异常区进行地热资源计算。计算 2000m 以浅的热储地热资源量和热水资源量。根据该规范，估算全国主要沉积盆地储存的地热能量为 $73.61×10^{20}$ J，相当 $2500×10^8$ tce。全国地热水可开采资源量为每年 $68×10^8$ m^3，所含热能量为 $963×10^{15}$ J，折合每年 $3284×10^4$ tce 的发热量。

其中：对流型山区地热水可开采资源量为每年 $19 \times 10^8 \mathrm{m}^3$，热能量为 $335 \times 10^{15} \mathrm{J}/$年，折合每年 $1142 \times 10^4 \mathrm{tce}$ 的发热量。以消耗储存资源量为主，传导型平原区地热水近期可开采量为每年 $49 \times 10^8 \mathrm{m}^3$，热能量为：$628 \times 10^{15}$ $\mathrm{J}/$年，折合每年 $2142 \times 10^4 \mathrm{tce}$ 的发热量。山区和平原区地热水可开采水量分别占总量的 28％和 72％，山区和平原区可开采热量分别占全国地热能可利用量的 35％和 65％。

由于浅层地热能总量目前尚无评价标准，埋深大于 2000m 的地热资源和地温梯度非异常区的地热资源均未进行过计算，以上所估算的地下热水资源量仅为我国地热资源的一部分。全国地热资源总量还没有确切的数据，计算评价方法还不完善，需要进一步对全国地热资源进行论证，做出较为符合实际的总体评价。

6.2　地热资源的开发利用

从应用形式上，地热可以分为发电利用和直接利用。目前国际上有两个发展方向，一个是增强型地热系统，一个是浅层地温能（包括地源水源热泵）的应用。增强型地热系统（enhanced geothermal systems，EGS）是指从地下 3～10km 低渗透性岩体中开采深层地热系统，具有热能蕴藏量巨大、利用效率高、系统稳定等特点。增强型地热系统既可用于发电，也可用于直接利用。美国、德国、法国、澳大利亚、日本、瑞典等国已建设了一批试验性增强型地热系统，而我国增强型地热系统研究刚刚起步。

浅层地温能的应用既包括常规开采中低温热水的直接应用，也包括通过地源水源热泵方式的利用。目前，全国各省（自治区、直辖市）都进行了地热资源勘查与开发，应用范围日益广泛。到 2009 年我国已开发利用地热田 259 处，每年地热水开采量 $3.68 \times 10^8 \mathrm{m}^3$（2010 年全国浅层地热能和地热资源管理工作会议）。

我国 2010 年地热利用量见表 32。据统计，到 2010 年末我国常规地热直接利用设备能力 $3688 \mathrm{MW_{th}}$，利用总热量为 $46313 \mathrm{TJ}/$年；若连同地源热泵的应用，则设备能力和年利用总热量分别为 $8898 \mathrm{MW_{th}}$ 和 $75348 \mathrm{TJ}/$年。具体表现为，常规的地热供暖利用发展很快，2010 年末全国地热供暖总面积达

$3020 \times 10^4 m^2$，比 2004 年增长一倍多，年均增长率约 19%；传统的温泉洗浴和医疗利用逐步向养生保健和休闲娱乐提升，体现了人性化和温泉文化的内涵；发展速度最快、并保持蓬勃增长趋势的地源热泵技术，较前 5 年有了飞速的发展，年增长供暖（部分制冷）面积 $1800 \times 10^4 \sim 2300 \times 10^4 m^2$，至 2010 年末达 $10070 \times 10^4 m^2$。设备能力达 $5210 MW_{th}$，比 2010 年的 $383 MW_{th}$ 增长 13 倍以上。

表 32　我国 2010 年地热利用量

类型	总面积 $/10^4 m^2$	设备容量 /MW	年利用能量 /(TJ/a)	总产量 $/GW \cdot h$	折万吨 标煤
地热发电		24	517	144	4.7
直接利用	3020	3687	46313	12865	263
地源热泵	10070	5210	29035	8065	165
合计	13090	8921	75865	21074	433

6.2.1　高温地热发电

我国高温地热资源主要分布在西藏南部、四川西部、云南西部及台湾省。喜马拉雅地热带是我国大陆地热资源，特别是高温地热发电资源潜力最大最集中的区域，高温发电潜力总计为 2781MW；准高温地热系统的发电潜力总计为 3036MW。位于喜马拉雅地热带的西藏地域，是发电潜力最大的地区。

20 世纪 70 年代后期，我国开始利用高温地热资源发电，先后在西藏羊八井、郎久、那曲建立了工业性地热发电站。到 2010 年，高温地热电厂仅西藏羊八井电厂仍在运行。该站装机容量为 24MW，2008 年的发电量为 $1.436 \times 10^8 kW \cdot h$ 时，已累计发电量 $22.7 \times 10^8 kW \cdot h$ 时。

6.2.2　中低温地热水直接利用

我国中低温地热直接利用主要在地热供暖制冷、医疗保健、洗浴和旅游度假、养殖、农业温室种植和灌溉、工业生产、矿泉水生产等方面。并逐步开发了地热资源梯级利用技术、地下含水层储能技术等。全国现有温泉

2700 余处，已开发利用约 700 处。全国现有地热田 1048 处，已开发利用 259 处。地热开采井 1800 余眼，每年地热水开采量约 $3.68 \times 10^8 \, m^3$。我国现有地热开发从业人员 7.1 万人，年创经济效益 70.92 亿元。在全国地热水利用方式中，洗浴和疗养占 47.6%，供暖占 30.8%，其他占 21.7%。

（1）地热供暖

集中在北方的北京、天津、西安、郑州、鞍山等大中城市以及黑龙江大庆、河北霸州、固安、牛驼镇等城镇，开发利用 60～100℃ 的中低温地热水、热尾水和浅层地热能。北方利用地热采暖，已取得良好效果。

天津市蕴藏着丰富的地下热水资源，多数地热井可产出 80～95℃ 的地热水，最高达 103℃，至今最深的地热井为 $4000 \, m^2$。2010 年天津市地热资源开采量达 $2708 \times 10^4 \, m^3$，利用地热资源供暖面积达 $1300 \times 10^4 \, m^3$，约占全市集中供暖面积的 10%，成为我国利用地热资源供暖规模最大的城市。天津有 100 多万人口居住在地热供暖的房屋，有 400 万人口享受着地热生活热水。依靠热泵系统，将地板供暖的回水加热再利用，使通常的一眼地热井可以供暖 $20 \times 10^4 \, m^2$ 以上。

另外，陕西省的咸阳市和西安市，山东省的德州、东营、滨州、聊城等市，北京市以及河北省、辽宁、黑龙江等省的一些城市，也都有地热供暖利用。

（2）医疗保健

地热流体中具有较高的温度、含有特殊的化学成分与气体成分、少量生物活性离子及放射性物质等，对人体各系统器官功能调节具有明显的医疗和保健作用。利用地热可以进行水疗、气疗和泥疗等。在许多地区建立了一批集医疗、洗浴、保健、娱乐、旅游度假于一体的"温泉度假村"或"医疗康复中心"。据统计，用于医疗保健的地热田在全国已有 126 处，遍及全国 20 多个省（区、市）。

（3）洗浴和旅游度假

利用地热水进行洗浴，几乎遍及全国各省（区、市）。据不完全统计，全国已建温泉地热水疗养院 200 余处，突出医疗利用的温泉浴疗有 430 处。除疗养院外，在已经开发利用的地热田中，全部或部分用于洗浴方面约占热田总数 60% 以上。全国现有公共温泉浴池和温泉游泳池 1600 处。全国开发地热水用于洗浴的水量估计每年约 $1.38 \times 10^8 m^3$，利用地热能 716.45MW，即每年相当于节约或减少了 $77.1 \times 10^4 tce$ 用量，为 4 亿人次提供了地热水洗浴。

我国藏南、滇西、川西及台湾一些高温温泉和沸泉区，不仅拥有高能位地热资源，同时还拥有绚丽多彩的地热景观。如：云南省腾冲是保存完好的火山温泉区，拥有火山、地热景观及珍贵的医疗矿泉水价值；台湾省的大屯火山温泉区也是温泉疗养和旅游观光胜地。

（4）养殖

北京、天津、福建、广东等地起步较早，现已遍及 20 多个省（区、市）的 47 个地热田，建有养殖场约 300 处，鱼池面积约 $445 \times 10^4 m^2$。全国水产养殖耗水量约占地热水总用水量的 5.7% 左右。

（5）农业温室种植和灌溉

利用地热资源非常适合生物的反季节、异地养殖与种植。利用地热能可以为温室供暖，地热水中的矿物质还可以为生物提供所需的养分。在我国北方，地热主要用于种植较高档的瓜果类、菜类、食用菌、花卉等，在南方，主要用于育秧。据统计，全国现共有地热温室和大棚 $133 \times 10^4 m^2$。利用地热水进行农业种植灌溉，不仅可以促进早熟，而且还有明显的增产效果。目前，我国温室种植开采利用地热资源每年折合标准煤 $21.5 \times 10^4 t$，占地热资源年开采总量的 3.4%。

（6）工业生产

目前主要用于纺织印染、洗涤、制革、造纸与木材、粮食烘干等，部分地热水还可提取工业原料，如腾冲热海硫磺塘采用淘洗法取磺，洱源县九台温泉区挖取芒硝和自然硫。华北油田利用封存的油井深部奥陶系进行地热水伴热输油，完全替代了锅炉热水伴热输油，取得了明显的经济、社会效益。

广东、巢湖市、咸阳市、咸宁市、石阡县等地创建"我国温泉之乡"、"我国地热城"品牌，提升了地区地热（温泉）开发利用整体水平，促进了地区经济发展。同时，地热水梯级利用的农业利用示范点，取得了显著综合效益，并在全国得到推广。

6.2.3 地源热泵应用

地源热泵是利用地下浅层地热资源（也称地温能，包括地下水、土壤或地表水等）的既可供热又可制冷的高效节能空调系统。地源热泵通过输入少量的电能，实现低温位热能向高温位转移。冬天利用地热源向建筑物供热，夏季利用地层中的冷源向建筑物供冷。

我国地源热泵自 2004 年以来发展迅速，年增长供暖（部分制冷）面积 1800~2300 万平米，年增长率超过 30%。目前，全国 31 个省、市、区均有浅层地温能开发利用工程，浅层地温能供暖/制冷的单位（住宅小区、学校、工厂等）约 3400 个，80% 集中在华北和东北南部地区，包括北京、天津、河北、辽宁、河南、山东等省市。北京约有 $2000 \times 10^4 m^2$ 的建筑利用浅层地温能供暖和制冷，沈阳市已超过 $4300 \times 10^4 m^2$。

目前我国已经具备了比较完善的开发利用浅层地热能的地源热泵工程技术、设备、监测和控制系统。2010 年我国生产热泵机组的厂商已发展至超过 200 家，分布在山东、北京、深圳、大连、杭州、苏州、广州等地。产品类型以水-水系统的大机组为主，主流是螺杆式压缩机＋壳管式换热器，也有涡旋式压缩机＋板式换热器或套管式换热器的模块式机组。设备容量以 50~2000kW 为主，有小型适应家庭使用的 10kW 机组，也有 2000~3000kW 的大型机组。除主机外，热泵相关配件厂家还有 100 多家，全国的设计和施工队伍超过 10 万人。

全国各地每年多次召开地源热泵相关的展览会、研讨会，2010 年全国地源热泵行业高层论坛参加者达 450 多人，创行业大会人数的最高纪录。为培养初级和中级技术人才，可再生能源协会和资源综合利用协会的地源热泵专业委员会以及我国能源研究会地热专业委员会每年举办各类地源热泵培训班不下 20 场。

在节能减排的大环境下，各级政府对地源热泵技术的应用都有一定的支持政策。2010 年国土资源部和天津市人民政府共同支持在天津试点，完成了天津市浅层地热能资源评价，包括地源热泵和水源热泵的适宜区和较适宜区的划分；现在正接续开展典型示范工程建设，包括样板工程和相应的一系列地温和环境监测。

6.3　2010 年地热能利用动态

2010 年上海世博会的标志性建筑世博轴，在国内首次大规模地应用地源热泵和将江水源热泵技术应用于中央空调。在世博轴地下铺设了 700km 长的管道，每小时将 1200t 黄浦江水通过热泵作为空调冷却水，为近 $25\times10^4m^2$ 的半开放式空间的提供中央空调。它比传统中央空调节能 30％以上，每天可省电 $1\times10^4kW\cdot h$。世博轴的地热技术充分体现了世博会低碳、节能的宗旨。

2010 年 4 月 17 日国家住房和城乡建设部发布了行业标准《城镇地热供热工程技术规程》（CJJ 138—2010）。该规程对地热工程设计中常见的主要问题做出了规定，包括地热井持续开采年限的限定、回灌要求、地热利用率及尾水排放温度的规定、调峰负荷比的确定、地热水防垢及地热资源动态监测，其中部分条文要求强制执行。该规程自 2010 年 10 月 1 日起实施，对规范我国地热工程的设计和施工，促进地热更广泛的应用有重要作用。

7 海洋能

7.1 海洋能资源

我国最早海洋能资源的调查始于 1958 年。1985 年完成了第二次全国沿海潮汐能资源普查，1989 年完成了我国沿海农村海洋能资源区划。我国沿岸的盐差能资源和近海及毗邻海域的波浪能、温差能资源均尚未进行过正式资源调查，仅有个别学者进行过研究计算。

7.1.1 潮汐能

根据《我国沿海潮汐能资源普查》和《我国沿海农村海洋能资源区划》对单坝址可开发装机容量大于 200kW 的 426 个海湾和河口坝址的调查统计，我国沿岸的潮汐能资源总装机容量为 $2179 \times 10^4 kW$，年发电量为 $624 \times 10^8 kW \cdot h$。其中，福建和浙江省资源占总量的 88.3%，其次是辽宁和广东省沿岸，仅占全国总量的 5.4%。其他省区则更少。

浙江、福建两省对沿岸潮汐站址已做过大量调查勘测、规划设计和可行性研究工作。近期具有开发条件的万千瓦级中型潮汐电站，浙江有三门县的健跳港、宁海县的黄墩港等；福建有福鼎市的八尺门、连江县的大官坂、厦门市的马銮湾等。

7.1.2 波浪能

据《我国沿海农村海洋能资源区划》利用沿岸 55 个海洋站一年的波浪观测资料为代表计算，全国沿岸波浪能资源平均理论功率为 $1284.3 \times 10^4 kW$。我国沿岸的波浪能资源以台湾省沿岸最多，约占全国总量的 33%；其次是浙江、广东、福建和山东省沿岸较多，总共占全国总量的 55%；其他省市沿岸则很少。

全国沿岸各地的波浪能功率密度较高的区域有渤海海峡（北隍城）、台湾岛南北两端（南台湾和富贵角至三貂角）、浙江中部（大陈岛）、福建海坛岛以北（北礵和台山）、西沙地区、粤东（遮浪）等。

7.1.3 潮流能

据《我国沿海农村海洋能资源区划》对我国沿岸 130 个海峡、水道计算统计，我国沿岸潮流能理论平均功率为 $1395 \times 10^4 kW$。这些资源中，以浙江省沿岸最多，占全国总量的一半以上；其次台湾、福建、山东和辽宁省沿岸也较多，占全国总量的 41.9%；其他省区沿岸均较少。

全国沿岸水道中，杭州湾口北部、舟山群岛区的金塘水道、龟山水道、西候门水道、渤海海峡北部的老铁山水道、福建三都澳三都角西北部、台湾澎湖列岛渔翁岛西南侧等潮流能资源优越。

7.1.4 温差能

据国内学者计算和台湾省电力公司估算，我国近海及毗邻海域温差能资源可开发装机容量约 $18.4 \times 10^8 kW$，其中 90% 约分布在我国南海地区。

南海北临我国大陆和台湾岛、南接大巽他群岛、东邻菲律宾群岛，西靠中南半岛和马来半岛，海域的东西均靠海峡，水道与太平洋和印度洋相通，为半封闭的陆缘海。是我国近海及毗邻海域中面积最大、温差能能量密度最高、资源最富集的海域。

台湾岛以东海区的海底地势自台湾东岸向太平洋海盆急剧倾斜，近岸水深变化急促，1000 米的深水区距离海岸很近，海岸多为悬崖陡壁等有利的开发条件，是岸基式开发的优良厂址。

7.1.5 盐差能

据统计，我国沿岸全部江河多年平均入海径流量约为 $1.7 \times 10^{12} \sim 1.8 \times 10^{12} m^3$，由此计算全国沿岸盐差能资源的理论功率约为 $1.14 \times 10^8 kW$。长江口及珠江口、闽江口等入海水量大，盐差能变化相对较小，又靠近经济发达的大城市，是未来开发海水盐差能的理想场所。

7.2 海洋能产业

7.2.1 潮汐能

我国在 20 世纪 80 年代初曾建有 76 个潮汐电站。到 2009 年底，仍在运行的潮汐电站只有三座——江厦、海山及白沙口潮汐电站，其余均已停止运行或被拆除。

（1）浙江江厦潮汐试验电站

江厦潮汐试验电站是我国目前最大的潮汐能发电站。电站位于浙江省温岭市西南的江厦港上，离城区 16km。江厦潮汐试验电站划归中国国电集团公司，并由其子公司龙源电力集团公司领导。现在电站总装机容量达到 3900kW，2009 年发电量 $731 \times 10^4 kW \cdot h$，创建站 30 年以来最高水平，累计发电 $1.6 \times 10^8 kW \cdot h$。电站建成后除了获得大量的电量，还包括围垦、水产养殖及旅游等综合利用效益。电站筑坝后能形成水库，水库水面积 $1.37km^2$，可用于水产品养殖。由于库区受自然灾害影响小，水库四周溪流有淡水入库，富有营养，而且使海水盐度降低，水产品常年获得丰收，据不完全统计，库区养殖年创产值 1500 万元。

江厦潮汐试验电站在建设和生产中，完成了许多科学实验课题。实践证明它具有不用移民，无一次能源消耗，无洪水威胁，不影响生态平衡和环境污染等优越性。电站现有在职职工 76 人，离退休职工 30 多人。根据企业效益和发电成本，浙江省上网电价为 2.58 元/（kW·h）。

温岭江厦潮汐试验电站 6 号机组扩机工程，是电站利用已有的 6 号机坑及流道，扩装一台 700kW 新型双向（涨、落潮）发电卧轴灯泡贯流式机组，与原有 5 台机组相比，增加了正反向水泵运行工况，提高了运行性能。经过 6 号机组扩容工程，电站总装机容量由 3200kW 增至 3900kW。6 号机组设计与制造由水利部杭州机械设计研究所承担，该机组的研制被列入国家"863"计划课题。2008 年 6 月，6 号机组扩建工程项目获得中国国电集团科技进步一等奖。

（2）浙江海山潮汐电站

浙江海山潮汐电站现有装机量 $2\times125kW$，水轮机由河南潢川水轮机制造厂生产，设计年发电量 $40\times10^4kW\cdot h$。2008 年由地方政府规划，计划再扩容装机 $3\times250kW$。电站发电库面积 418 亩（1 公顷＝15 亩），海塘坝 2000 多米，是我国第一座双库、单向、全潮、蓄淡、蓄能发电和库区水产养殖综合开发的小型潮汐电站，是浙江省科委的"六五"攻关项目。

海山潮汐电站于 2008 年 5 月改名为"浙江省玉环县双流潮汐发电有限公司"，隶属于玉环县水务集团公司，现有职工 5 人，兼顾潮汐电站的运行、维护、管理工作和海产品养殖工作。电站上网电价 0.46 元/（kW·h），发电成本 0.63 元/（kW·h），单靠发电收入难以维持电站的正常运营，依靠养殖收入贴补发电亏损。

（3）山东乳山白沙口潮汐电站

山东海阳所银滩，是一处天然的利用大海涨潮纳水、落潮泻湖式港湾，水域面积约 $4km^2$，沿湖海岸线长 12km，水深 2m，是迄今为止我国最大的内陆天然潮汐湖。

白沙口潮汐电站设计装机容量 $6\times160kW$，发电机由重庆电机厂制造，变速器由杭州齿轮厂制造，机组由自行组装完成，日均发电 4000kW·h。截至 2008 年 7 月底潮汐电站已累计发电 $3820\times10^4kW\cdot h$。电站建成时，水库面积为 $3.2\times10^4km^2$。2008 年由于当地旅游与房地产开发，水库不断被填，库区面积已大大减小。电站建成时共六台机组，由于严重锈蚀，5♯ 和 6♯ 由于发电机损坏，已停止运行。

白沙口潮汐电站现有职工 7 人，兼顾潮汐电站的运行、维护、管理工作和海产品养殖工作。电站上网电价只有 0.32 元/度，单靠发电收入，难以维持电站的正常运营，靠养殖收入贴补发电亏损。

7.2.2　波浪能

波浪能装置已形成商品的只有 10W 航标灯用振荡水柱装置。该装置是我国科学院广州能源研究所专门为沿海航道导航灯浮标研制的波力发电装置。根据近年来海上使用情况证明，采用该装置可使航标灯灯光明亮稳定，大大改善助航条件。由于该装置以波浪为动力，可以在海上就地取能，不再需要更换蓄电池，大大节省了维修保养费用，降低了航标工劳动强度，具有明显的经济效益和社会效益。该产品由广州能源研究所设计和制造。目前在国内投放 700 多台，出口英国、日本、菲律宾共 25 台。

7.3 2010 年我国海洋能发展动态

7.3.1 海洋可再生能源专项资金

2010 年 6 月 1 日财政部、国家海洋局共同出台《海洋可再生能源专项资金管理暂行办法》，重点支持以解决海岛供电问题为重点的海洋可再生能源技术研究及产业化示范项目。

该办法规定，专项资金重点支持偏远海岛独立电力系统示范项目，海洋能大型并网电力系统示范项目，海洋能开发利用关键技术产业化示范项目，海洋能综合开发利用技术研究与试验项目，海洋能开发利用标准及支撑服务体系建设。已通过国家科技计划支持的海洋能示范项目和已享受国家可再生能源电价分摊政策支持的海洋能开发利用项目不能申请专项资金。

2010 年 11 月 24 日，国家海洋局海洋科学技术司在天津举行了海洋可再生能源专项资金项目启动大会暨国家海洋局海洋可再生能源开发利用管理中心揭牌仪式。参加会议的有国家海洋局领导、项目承担单位领导和各项目负责人等。会上，国家海洋局副局长陈连增做了重要讲话，国家海洋局海洋科学技术司宣布由海洋可再生能源专项资金支持的 22 家单位承担的 26 个项目正式启动。

7.3.2 南海海岛海洋独立电力系统示范工程

2010 年 11 月，由中科院广州能源研究所牵头申报的 2010 年海洋可再生能源专项资金项目"南海海岛海洋独立电力系统示范工程"和"20 千瓦海洋仪器波浪能动力基站关键技术研究"获得财政部、国家海洋局批准立项，项目总经费分别为 3000 万和 300 万。两个项目的协作单位共有 3 家，分别为珠海兴业新能源科技有限公司、江苏康家科技有限公司、中国船舶重工集团第 712 研究所。

"南海海岛海洋独立电力系统示范工程"项目主要针对多种可再生能源在我国偏远海岛应用的共性问题，开展海洋能和风能现场试验和应用方案设计，建成一个由波浪能和风能发电装置组成的 500kW 海岛多种能源互补的独立电站，形成技术成果转化方案和产业化推广模式，实现多种可再生能源在我国偏远海岛较大范围的推广应用。"20 千瓦海洋仪器波浪能动力基站关键技术研究"项目研究的目的是通过波浪能发电技术、能量储存技术、时变性强的电源整流技术、能量自动调配技术等集成创新，研建一座波浪能动力基站，为海洋观测仪器提供电能。

7.3.3 新型海洋潮汐发电机

2010 年 12 月广东东莞市百川新能源公司与美国绿色电力公司正式签订合作发展协议，双方将在东莞组建国内首家专门研制新型海洋潮汐发电机的合资公司。潮汐能发电机不同于设于海区的潮汐能电站，潮汐能发电机只要放置于符合要求的海底或河底，便能把动能转化为电能，24 小时不停运转。东莞百川公司负责人表示，潮汐能发电机技术近几年在国外发展很快，但在国内尚处空白。

8 国际可再生能源发展形势和动态

8.1 总体形势

一方面，全球能源以化石能源为主的结构仍总体保持稳定，石油仍然是最大的单一能源品种，油、气、煤三分天下，核电和水电为辅助能源，其他可再生能源迅速发展。世界能源消费开始由被发达国家完全主导向发达国家能源消费逐步进入稳定状态，发展中国家份额不断上升的格局发展。但是，发达国家仍然主导优质能源（石油、天然气、核电等）的消费，多数发展中国家还没有进入工业化阶段，人均能源消费水平还显著低于发达国家。目前全球能源的供需平衡，只能满足少数高收入国家的能源需求和全球能源需求的低速增长。亚洲取代欧洲和北美地区，成为世界三大能源消费区域中总量增长最快的地区，特别是亚洲的发展中国家，如中国、印度等，已成为全球能源市场增长的主要因素。全球能源价格仍然以石油价格为代表，发达国家的石油市场，特别是美国的市场变化，仍主导全球能源的价格。

另一方面，传统能源安全格局不断受到新的挑战，发展中国家进入国际能源市场过程中，不可避免地面对多方面地缘政治和经济利益的竞争和限制。除了资源和地缘政治因素外，世界能源发展越来越多地受到环境等外部因素的影响，全球气候变化开始推动低碳经济理念，能源技术发展开始为大规模开发利用各种可再生能源进行准备，全球能源结构有可能在未来几十年内发生重大变革。

面对这一变革，进入 21 世纪以后世界各主要国家都将发展可再生能源视为重要的国家战略，并且已经取得了显著的发展。2006～2010 年各种可再生能源技术的容量见表 33。2010 年全球已安装的可再生能源发电总容量（不包括大型水力发电）已约达 $370 \times 10^8 kW$，约占全球发电装机的 5.1% 和全球发电量的 3.6%。各主要可再生能源技术的近些年的年增长幅度均超过 20%。其中，生物液体燃料当年产量 341 亿加仑（约 $1.02 \times 10^8 t$），风电新增装机 $3800 \times 10^4 kW$，太阳能光伏新增装机 $1500 \times 10^4 kW$。

表 33　2006～2010 年各种可再生能源技术的容量

年　份	2006 年	2007 年	2008 年	2009 年	2010 年
可再生能源装机容量（无大水电）/GW	63	240	280	305	370
风电累计安装/GW	74	94	121	159	197
并网光伏累计安装/GW	5.1	7.5	13	21	36
光伏电池年产量/GW	2.5	3.7	6.9	10.7	16.2
太阳能热水器累计安装量/GW_t	105	126	145	180	225
生物质乙醇产量（年产十亿公升）	39	50	67	76	105
生物柴油生产（年产十亿公升）	6	9	12	17	20

资料来源：REN21.2010。《2010 全球可再生能源情况报告》以及作者数据整理。

　　在可再生能源投资方面，根据《可再生能源国家吸引力指数》报告，2010 年全球可再生能源投资额达到 2430 亿美元，较上一年上升 30％。

8.2　风电

8.2.1　发展概况

　　2010 年全球风电市场继续保持稳定增长。据全球风能协会（GWEC）的统计，到 2010 年底全球累计风电装机容量已达到 1.97×10^8 kW。2010 年增长速度为 24％，当年新增装机容量达到 3827×10^4 kW，与 2009 年同期基本持平（小幅下降了 1.4％），如图 19 所示。在经历了五年的高速增长后，全球风电在继续释放增长潜能的同时，在发展速度方面变得日趋合理和理性。

　　2010 年全球风电累计装机比例见图 20。从区域分布看，欧洲、北美和亚洲仍然是世界风电发展的三大主要市场，但相比 2009 年，三者的权重发生了比较明显的变化。欧洲方面，2010 年欧洲新增装机 991.8×10^4 kW，占 2010 年全球新增装机的 25.9％，相比 2009 年 28.2％的全球新增装机份额有所下降。截至 2010 年底，欧盟累计装机 8630×10^4 kW，占全球累计风电装机容量的 43.8％，欧洲各国，特别是德国、丹麦等经济实力较强的欧洲国

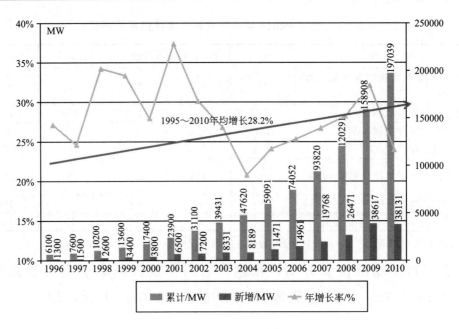

图 19　历年全球风电市场的发展

数据来源：全球风能理事会，Annual market update 2010

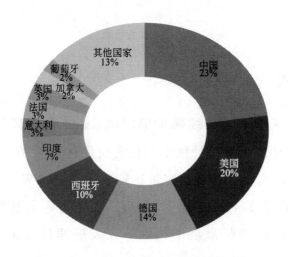

图 20　2010 年全球风电累计装机比例

数据来源：全球风能理事会，Annual Market Update 2010

家的陆上风电大规模开发基本完成，海上风电尚未迎来爆发期，因而新增装机量有小幅下降。

　　2010 年北美新增装机 580.5×10^4 kW，相比 2009 年的 1143×10^4 kW 降幅明显，占到全球新增装机的比例，也由 2009 年的 30％下降到 2010 年的 15.1％。2010 年亚洲新增风电装机 2145×10^4 kW，继续保持全球最大的风

电市场地位。

2010 年全球风电新增装机情况见图 21。从国别来看，2010 年我国新增装机 $1893\times10^4\,\mathrm{kW}$，继续保持全球新增装机首位，累计装机 $4473\times10^4\,\mathrm{kW}$，首次超过美国成为全球最大的风电装机国。美国新增装机 $511.5\times10^4\,\mathrm{kW}$ 位居全球第二，累计装机达到 $4018\times10^4\,\mathrm{kW}$，居全球第二，中美在新增装机量上的差距进一步扩大。印度 2010 年新增装机 $213.9\times10^4\,\mathrm{kW}$，上升到全球第三。

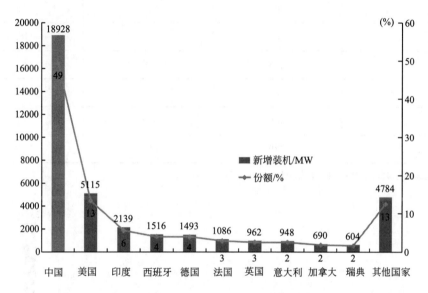

图 21　2010 年全球风电新增装机情况

数据来源：全球风能理事会，Annual Market Update 2010

西班牙、德国、法国、法国、英国和意大利位列全球装机的 4~8 位，2010 年新增装机分别为 $151.6\times10^4\,\mathrm{kW}$、$149.3\times10^4\,\mathrm{kW}$、$108.6\times10^4\,\mathrm{kW}$、$96.2\times10^4\,\mathrm{kW}$ 和 $94.8\times10^4\,\mathrm{kW}$。此外，加拿大、瑞典、土耳其等国的风电装机容量也超过 $30\times10^4\,\mathrm{kW}$。

8.2.2　海上风电

2010 年全球海上风电产业步入全面发展的新阶段，全球海上风电新增装机容量 $144\times10^4\,\mathrm{kW}$，超过 2009 年海上风电装机的 2 倍，累计装机达到 $355\times10^4\,\mathrm{kW}$，已经初步实现了海上风电的规模化发展。2010 年全球海上风电主要国家的发展情况见表 34、表 35 和图 22。除了长期进行海上风电开发的英

表 34　2010 年全球海上风电主要国家的发展情况

国　　家	2009 年新增装机/MW	2010 年新增装机/MW	2010 年累计装机/MW
比利时	0	165	195
中国	63	39	102
丹麦	228	207	832.9
德国	60	108	168
爱尔兰	0	0	25
荷兰	0	0	246.8
挪威	2.3	0	2.3
瑞典	30	0	163.3
英国	306	925	1819
合计	689	1444	3554

资料来源：BTM. World Market Update 2010。

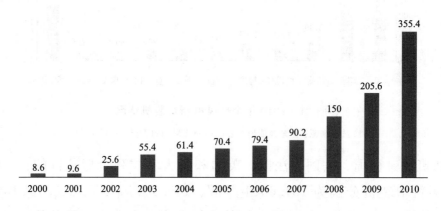

图 22　全球近海风电场装机容量变化（MW）

国、丹麦、德国等国外，比利时、爱尔兰、荷兰等国也在 2010 年步入海上风电开发国的行列。但是，除我国的东海大桥项目外，海上风电项目基本都仍局限在欧洲。英国依旧是全球海上风电新增装机和累计装机第一的国家。

　　在装备制造方面，西门子、Vestas、REpower 是全球主要的海上风电制造商。此外，我国的华锐风电、芬兰的 WinWind、法国的 Areva 和德国的 Bard 也逐步成为重要的海上风电设备制造商。

表 35　世界在建或即将完成的海上风电场

项目名称	国家	规模/MW	设备制造商
Gunfleet Sands Phase 2	英国	172	Dong Energy
Robin Rigg	英国	180	Vestas
Greater Gabbard 2	英国	151.2	Siemens
Walney Phase 1&2	英国	183.6	
Roedsand 2	丹麦	207	
Thanet Phase 1	英国	300	Vattenfall
Baltic 1	德国	48.3	
Bard I	德国	370	
Bligh Bank	比利时	165	
Bligh Bank 2	比利时	165	
Ormonde	英国	150	
Sheringham Soal	英国	315	
东海大桥	中国	100	Sinovel

资料来源：BTM World Market Update 2010。

8.3　太阳能

8.3.1　太阳能光伏

2010 年在金融危机的影响之下，太阳能光伏发电消费市场在上半年发展缓慢，但在下半年迅速复苏，并带动了整个产业的快速发展，整体呈现"先抑后扬"的发展态势。

全球太阳能光伏累计安装量见图 23。截至 2010 年底，全球光伏发电市场累积安装量达到 $3700 \times 10^4 kW$ 以上，增幅超过 50%，当年新增安装量达到 $1500 \times 10^4 kW$，同比增长 100% 以上。2000～2006 年间全球光伏发电新增市场年均复合增长率达到 33.9%，2006～2010 年均复合增长率达到 66.3%。

全球太阳能光伏发电累计安装量分布及增长情况见图 24。其中，欧洲太阳能光伏发电市场继续保持强劲增长势头。2010 年，欧盟 27 国的光伏发电新增 $1200 \times 10^4 kW$，约占全球新增装机的 80%。德国依旧是全球最大的太阳能光伏发电消费市场，年新增装机约为 $800 \times 10^4 kW$，连续两年占全球

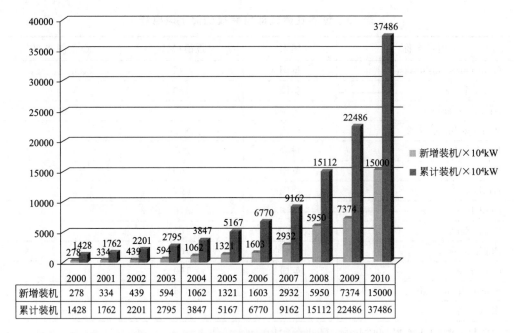

	2000	2001	2002	2003	2004	2005	2006	2007	2008	2009	2010
新增装机	278	334	439	594	1062	1321	1603	2932	5950	7374	15000
累计装机	1428	1762	2201	2795	3847	5167	6770	9162	15112	22486	37486

图 23 全球太阳能光伏累计安装量

数据来源：欧洲光伏工业协会，2010

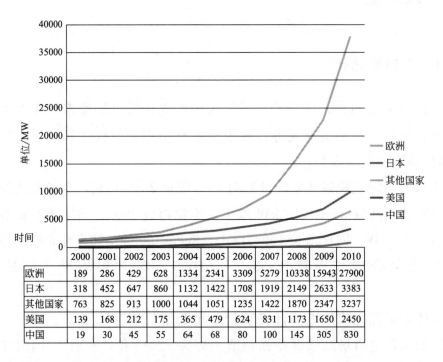

	2000	2001	2002	2003	2004	2005	2006	2007	2008	2009	2010
欧洲	189	286	429	628	1334	2341	3309	5279	10338	15943	27900
日本	318	452	647	860	1132	1422	1708	1919	2149	2633	3383
其他国家	763	825	913	1000	1044	1051	1235	1422	1870	2347	3237
美国	139	168	212	175	365	479	624	831	1173	1650	2450
中国	19	30	45	55	64	68	80	100	145	305	830

图 24 全球太阳能光伏发电累积安装量分布及增长情况（单位：MW）

数据来源：欧洲光伏工业协会，2010

新增装机的 50% 以上，其次是意大利和捷克，分别达到 $150 \times 10^4 kW$ 和 $87 \times 10^4 kW$。

此外，美国和日本两个国家的光伏发电市场保持稳定增长，年新增装机分别达到 $80 \times 10^4 kW$ 和 $75 \times 10^4 kW$；新兴市场如我国、印度则处于光伏发电大规模发展的前期阶段，年新增装机达到 $50 \times 10^4 kW$ 和 $5 \times 10^4 kW$，约占全球装机比例的 3.3% 和 0.33%。

在光伏电池制造方面，2010 年全球光伏电池产量达到 $1620 \times 10^4 kW$，同比增长 50% 以上。其中，中国大陆地区光伏电池的产量达到 $800 \times 10^4 kW$，同比增长 100%，中国台湾地区产量达到 $250 \times 10^4 kW$，同比增长 90% 以上，两者合计约占世界总生产量的 60% 以上。其次为欧洲、日本和美国，光伏电池产量分别为 $200 \times 10^4 kW$、$170 \times 10^4 kW$ 和 $80 \times 10^4 kW$。

伴随着产量的增长，光伏电池制造业集中度进一步提高。2010 年，全球主要太阳能电池生产企业继续扩张产能，企业规模和技术优势继续增强，其中河北晶澳、美国第一太阳能公司、无锡尚德和英利集团四家企业的电池产量达到或超过 $100 \times 10^4 kW$。除此之外，光伏电池制造业继续向亚洲地区集中，全球排名前十的太阳能电池生产商中，我国和日本共占 8 家。

随着晶体硅太阳能电池成本的下降，2010 年薄膜电池特别是硅基薄膜电池的生产和销售均受到了比较大的冲击，薄膜电池市场占有率由 2009 年的 19% 下降到 15% 左右。日本夏普、三洋等公司退出或推迟薄膜太阳能电池业务，美国应用材料公司也宣布退出非晶硅薄膜技术市场。

在原材料方面，2010 年全球多晶硅产量继续增加，达到 $12 \times 10^4 t$ 以上，原料瓶颈得到缓解。由于规模的扩大和技术进步，综合能耗水平由 2008 年的 $300 kW \cdot h/kg$ 下降到当前的 $200 kW \cdot h/kg$，降幅超过 30%。

目前，全球太阳能多晶硅生产主要集中在美国、德国、日本、挪威等国家。全球较大的多晶硅生产企业有美国的海姆洛克（Hemlock）公司、德国瓦克（Wacker）公司、美国 MEMC 公司、挪威 REC 公司和日本的德山公司（Tokuyama）等少数企业。2007 年以后，韩国 OCI（原东洋制铁化学）和江苏中能先后进入多晶硅生产领域。图 25 为全球主要多晶硅企业产量及

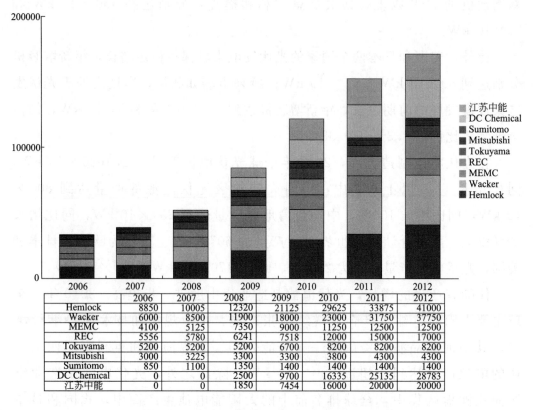

	2006	2007	2008	2009	2010	2011	2012
Hemlock	8850	10005	12320	21125	29625	33875	41000
Wacker	6000	8500	11900	18000	23000	31750	37750
MEMC	4100	5125	7350	9000	11250	12500	12500
REC	5556	5780	6241	7518	12000	15000	17000
Tokuyama	5200	5200	5200	6700	8200	8200	8200
Mitsubishi	3000	3225	3300	3300	3800	4300	4300
Sumitomo	850	1100	1350	1400	1400	1400	1400
DC Chemical	0	0	2500	9700	16335	25135	28783
江苏中能	0	0	1850	7454	16000	20000	20000

图 25　全球主要多晶硅企业产量及预期产能

数据来源：欧洲光伏工业协会，摩根斯坦利，高盛，2010

预期产能，其中海姆落克公司、德国瓦克公司为全球最大的两家多晶硅生产企业。

此外，高效、稳定、低成本光伏电池的研发取得明显进步。其中日本三洋电机公司研发出世界上光电转化效率最高的商用太阳能电池板，转化效率高达 20.7%。此外，经过美国可再生能源实验室证实的大面积 CIGS 薄膜电池组件的效率达到了 14.3%，这一效率是所有商业规模 CIGS 组件技术的最高效率。

太阳能光伏发电成本在 2010 年继续保持下降趋势。其中，多晶硅的价格在 2010 年波动较大，但基本维持在 50～90 美元/kg 的范围内，较 2009 年平均水平下降了约 10%～20%；晶体硅光伏电池组件价格下降到 1.5 美元/kW 左右；包括逆变器在内的平衡部件的价格也快速下降。

8.3.2　太阳能热发电

太阳能热发电是直接利用太阳光，将其数倍聚焦后，形成高能密度和高温，其产生的热量可用于驱动传统发电系统发电。太阳能热发电的热量还可以应用在其他方面，包括：为工业过程和建筑供热和供冷、海水淡化以及制氢等方面。2006年太阳能热发电技术重新进入高速发展的轨道，美国、西班牙和澳大利亚等国开始技术研发和试点项目的建设工作。到2010年，全球太阳能热发电电站总装机容量为 $129.2 \times 10^4 \mathrm{kW}$（包含正在建设的和已经运行的），分布在美国、西班牙和澳大利亚等几个少数国家，见图26。

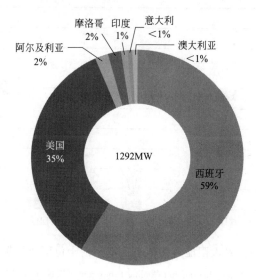

图26　全球太阳能热发电工程分布

美国在太阳能热发电领域十分积极。2010年美国能源部为四家太阳能热发电的技术新兴企业提供6200万美元的研发资金，促进将先进技术推向市场。2010年一年仅美国加州政府能源局公示的太阳能热发电工程装机容量就已达到24GW，加州政府提出到2030年加州太阳能发电中，热发电与光伏的比例为4∶1，太阳能光热发电将成为太阳能主流利用技术。

在欧洲方面，西班牙是欧洲太阳能热发电市场的热点国家，现有实际安装项目的发展速度在2010年已经超过了美国，预计2013年安装量将达到2.3GW。

8.3.3　太阳能热利用

太阳能热水系统是太阳能热利用应用最广泛的技术，近几年在世界范围内得到了快速发展。至 2009 年底，全球 53 个国家太阳能热利用累计安装运行总面积 $2.46 \times 10^8 m^2$，当年全球新增太阳能集热器安装面积 $0.29 \times 10^8 m^2$，我国持续位居市场第一位，在平板与真空管热水器的市场占有率达 58.9%，其次为欧洲国家。图 27 为 2009 年底世界太阳能集热器总保有量前十位国家的保有量及产品类型。

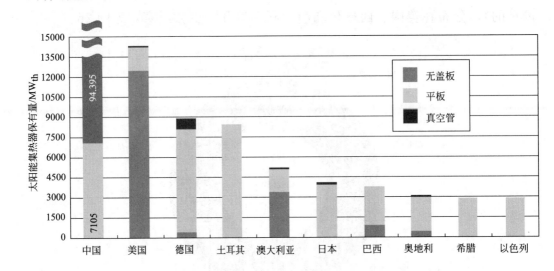

图 27　2009 年底世界太阳能集热器总保有量前十位国家的保有量及产品类型

数据来源：IEA Solar Heating and Cooling Programme "Solar Heat Worldwide" 2011

在产品结构方面，根据 IEA 2009 年统计数据显示，目前世界太阳能热水器以平板和真空管产品为主，并以真空管型累计安装量最多，约占56.0%，主要为我国市场；其次为平板型，约占 31.9%，以欧洲为最大市场。无盖板产品约占 11.4%，以美国为最大市场，主要应用于温水游泳池。2009 年新增太阳能热水器 $5210 \times 10^4 m^2$，比 2008 年增长 25.3%，我国占当年新增能力的 80.6%，欧洲占 10.2%。图 28 为 2009 年新增太阳能集热器安装量中各种类型所占比例。

欧洲仍然是太阳能热利用应用范围最广泛的市场，除常规的热水系统外，还包括家庭及宾馆的取暖系统以及不断增长的大型区域性供暖系统、空调系统和工业应用系统。在奥地利、德国、瑞士和荷兰等国，超过 20% 以上

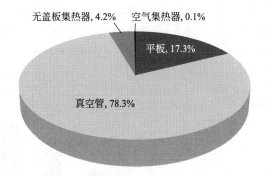

图 28　2009 年新增太阳能集热器安装量中各类型所占比例

数据来源：IEA Solar Heating and Cooling Programme "Solar Heat Worldwide 2011"

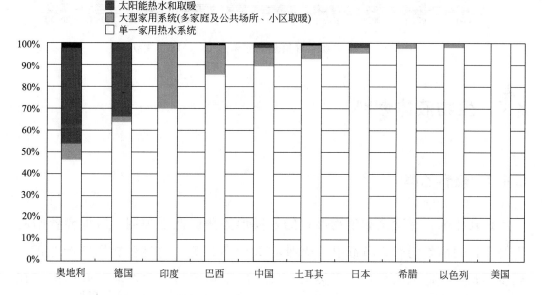

图 29　2009 年世界太阳能集热器保有量前十位国家的太阳能应用系统类型分布

数据来源：IEA Solar Heating and Cooling Programme "Solar Heat Worldwide" 2011

的太阳能系统不仅提供热水，还提供取暖等其他热利用。图 29 是截至 2009 年底世界太阳能集热器保有量前十位国家的太阳能应用系统类型分布状况。

分析显示，世界上平板和真空管集热器在 2000～2009 年间的年均增长率为 20.8％。2009 年的安装量几乎是 2004 年的三倍。2009 年比 2008 年增长了 27.3％，其中，中国（＋35.5％）和澳大利亚（＋78.5％）增长强劲，而欧洲（－9.9％）、中东（－6.7％）和北美（－9.8％）则有所下降。图 30 是平板和真空管集热器年安装量。

129

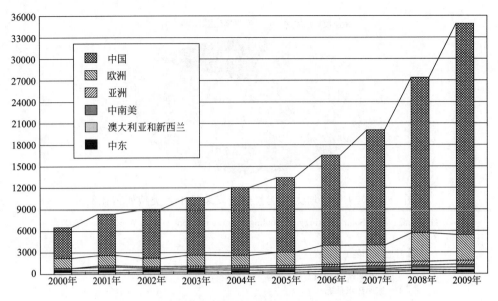

图 30　平板和真空管集热器年安装量（MW_{th}/年）

8.4　生物液体燃料

8.4.1　燃料乙醇

近几年来，尽管全球生物燃料的发展形势普遍低于预期，但世界各国对生物燃料的前景仍然充满希望。特别是 2010 年以来，全球生物燃料产业正在逐步摆脱金融危机的影响，以美国为代表的生物燃料产业发展较好的国家在新环境下，纷纷对生物燃料的研发、政策、投入等方面做了相应调整和部署。

2010 年全球对生物燃料投资额为 116 亿美元，较上一年的 120 亿美元相比变化不大，但金融危机后续影响仍存在，市场总体仍不稳定。根据美国可再生燃料署（Renewable Fuels Association）的公布数据，2010 年全球燃料乙醇的产量为 230.1291 亿加仑（约为 6875.1×10^4 t）。2010 年全球生物乙醇产量见图 31。

美国、巴西和欧盟仍是生物液体燃料的主要制造和消费国家及地区。其中，根据来自美国能源情报署的数据，2010 年美国燃料乙醇的产量约为 132.3 亿加仑，相比 2009 年的 107.5 亿加仑，增幅达到 23%。在政策方面，

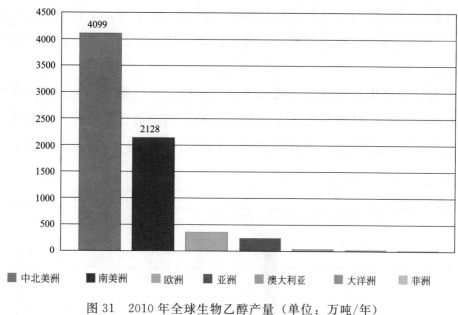

图 31　2010 年全球生物乙醇产量（单位：万吨/年）

数据来源：F. O. Lichts

2010 年，美国政府延续对乙醇生产的补贴政策和乙醇进口关税，并提高了汽油中乙醇掺混比例。

2010 年，巴西能源生产的 47％来自于可再生能源，其中 18％来自于甘蔗。据巴西能源部 2010 年 9 月底发布的预测报告，2010 年巴西乙醇生产量为 $260×10^8$ L，到 2019 年将达到 $640×10^8$ L。巴西目前正在评价使现有乙醇生产提高 12 倍的可能性，若能实现，则可望替代世界消费汽油约 10％。

在欧盟方面，据国际再生燃料机构（GRFA）与分析机构 F. O. Licht 统计，继 2009 年增长 31％后，欧盟 2010 年的乙醇生产量继续增长了 24％，从 2009 年 $37×10^8$ L（$292×10^4$ t）增长到 2010 年 $46×10^8$ L（$393×10^4$ t）。法国仍是最大的燃料乙醇生产国，其次是德国和西班牙。2010 年，奥地利和瑞典的燃料乙醇增长十分迅速，分别增长了 102％和 124％。根据欧盟"20-20-20"法案，到 2020 年所有欧洲汽油的 13％都必须来自于可再生原料，而目前欧洲汽油现仅 3.5％来自可再生来源生产，预计在今后 10 年内可再生运输工业将以超过 10 倍的速度增长。

8.4.2　生物柴油

生物柴油由于其无污染、可再生以及具有良好的动力性能等特点，被国

131

际可再生能源界誉为最具发展前景的替代油品。近年来，生物柴油在国际上发展较快，从麻风树籽中提取的生物柴油已被用于新西兰航空和大陆航空的航班上。

欧洲是全球生物柴油最主要的生产和消费者。生物柴油的生产主要采用油菜籽、大豆、棕榈油和葵花籽等作为原料，动物油也都已经开始应用。根据欧洲生物柴油委员会最新数据显示，2010 年，欧盟 27 国的生物柴油产能为 $2190 \times 10^4 t$（图 32）。

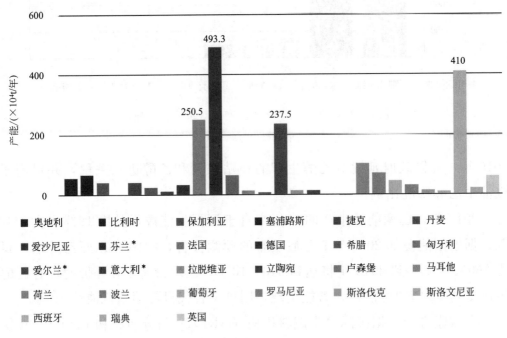

图 32　2010 年欧盟各国生物柴油产能

资料来源：EBB

8.5　主要国家和地区的发展特点

8.5.1　欧盟

以应对气候变化和实现京都议定书承诺为着眼点，欧盟是发展可再生能源最早、力度最大、成就最明显的区域。欧盟可再生能源新增装机情况见表36。在 2000～2010 年间，欧盟天然气发电装机容量新增了 $1.18 \times 10^8 kW$，

表36 欧盟可再生能源新增装机情况

年度	可再生能源新增容量/($\times 10^4$ kW)	占当年欧盟电力新增容量的百分比
1995	130	14%
2008	1330	57%
2009	1730	63%
2010	2270	41%

来源：欧洲风能协会（www.ewea.org）。

风电增长了 7430×10^4 kW，光伏发电增长了 2640×10^4 kW，与此相对比，燃油发电下降 1320×10^4 kW，煤电装机下降 950×10^4 kW，核电下降 760×10^4 kW。2010 年，全部可再生能源新增装机 2270×10^4 kW，占欧盟当年新增发电容量的 41%。

虽然可再生能源持续增长的趋势没有变化，但 2010 年欧盟可再生能源增长的结构有了明显变化。风电自 2007 年开始占据欧盟新增装机容量第一的位置，首次被光伏发电超过，欧盟 2010 年新增 1200×10^4 kW 光伏发电装机，累计装机达到 2600×10^4 kW，与此相比，风电新增装机约 930×10^4 kW，累计达到 8420×10^4 kW。以小型分布式发电为主的光伏发电，在各国积极的电价政策促进下，获得了飞速发展。此外，2010 年欧洲的天然气发电实现了跨越式发展，新增装机 2800×10^4 kW，大大超过了过去三年年增（$500 \sim 600$）$\times 10^4$ kW 的发展速度，这也使得可再生能源在新增电力装机中的比例自 2007 年开始第一次低于 50%，但仍连续 5 年保持了 40% 以上的比例。

在新增发电装机容量所占份额处于领先的同时，在满足总电力需求方面，可再生能源的比例也逐步提高，如 2010 年风电在丹麦、葡萄牙、西班牙、爱尔兰、德国电力消费中的比重，已分别上升到 24.0%、14.8%、14.4%、10.1% 和 9.4%，风电满足了整个欧盟 5.3% 的电力需求，显示出风电已经在欧盟地区发挥替代能源的作用。

在光伏方面，2010 年欧盟的太阳能光伏发电总装机已达 2600×10^4 kW，占欧盟电力总装机的 3%。德国仍然是太阳能光伏发电第一大国，总装机容量达到 1700×10^4 kW，其后分别是西班牙、意大利、捷克和法国，分别为 370×10^4 kW、260×10^4 kW、130×10^4 kW 和 86×10^4 kW。其中，累计装机容量大于 100×10^4 kW 的国家有德国、西班牙、意大利、捷克四个国家。欧

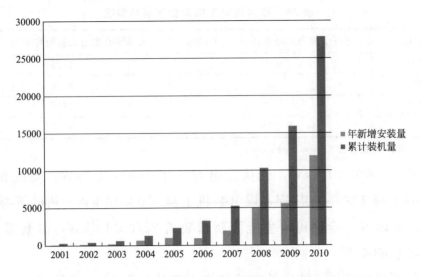

图 33 欧洲历年太阳能光伏发电新增及累计安装量（单位：MW）

数据来源：2009 年以前数据来源于 EPIA，2010；2010 年数据系课题组整理

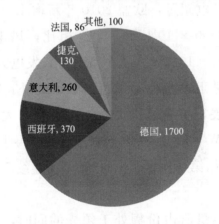

图 34 2010 年欧洲太阳能光伏发电累计装机分布（单位：$\times 10^4$ kW）

数据来源：2009 年以前数据来源于欧洲光伏工业协会，2010；2010 年数据系课题组整理

洲历年太阳能光伏发电新增及累计安装量见图 33，2010 年欧洲太阳能光伏发电累计装机分布见图 34。

在光伏新增装机方面，2010 年欧盟 27 国的光伏发电新增 1200×10^4 kW，约占全球新增装机的 80%，占欧盟新增电力总装机的 21.7%。德国年新增装机约为 800×10^4 kW，连续两年占全球新增装机的 50% 以上，依旧是全球最大的太阳能光伏发电消费市场，其次是意大利、捷克、法国、西班牙和比利时，分别达到 150×10^4 kW、87×10^4 kW、60×10^4 kW、$45 \times$

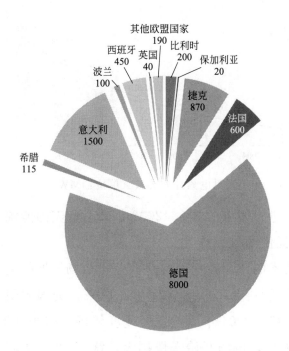

图 35 2010 年欧洲太阳能光伏发电新增安装量分布（单位：MW）

数据来源：2009 年以前数据来源于欧洲光伏工业协会，2010；2010 年数据系课题组整理

$10^4 kW$ 和 $20 \times 10^4 kW$，如图 35 所示。

8.5.2 美国

2000～2010 年美国风电累计安装量见图 36。2010 年以前，美国的风电经历了一段高速发展时期。2009 年达到了创纪录的 $1000 \times 10^4 kW$ 新增装机。然而 2010 年美国有 $511.5 \times 10^4 kW$ 新增装机，几乎只是 2009 年安装数量的一半，政策的不确定性是 2010 年美国风电装机显著下降的主要原因。美国有 38 个州都有了大规模的风电项目，其中 14 个州的风电装机超过了 $100 \times 10^4 kW$。位于前五名的是德克萨斯、爱荷华、加利福尼亚、明尼苏达、俄勒冈和华盛顿州。

另一方面，风电成本在过去两年里有了明显下降，最近签订的电力购买协议电价是 5～6 美分/(kW·h)，使得风电具有了与天然气发电的竞争能力。

美国国内安装的风机有约 50% 为国内制造，有超过 400 家制造厂服务于风电工业，雇佣了 85000 名"绿领"工人，为风电的进一步高速发展做好

135

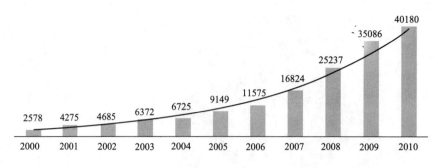

图36　2000～2010年美国风电累计安装量（单位：MW）

了准备。目前风电约占美国电力需求的2%。2008年的一份美国能源部报告估计，到2030年风电可以提供20%的电力。

美国太阳能光伏发电技术的应用较早，但是商业化市场发展缓慢。美国太阳能光伏发电累计装机容量见图37。进入21世纪以来，美国太阳能光伏发电呈现"先慢后快"的态势，2004年以前发展速度较慢，市场规模不大；2004年以后发展速度开始加快，市场开始慢慢扩大。截至2009年底，美国光伏发电累计装机达到$165 \times 10^4 kW$，约是2001年的10倍，2010年达到$250 \times 10^4 kW$左右。

在太阳能产业政策方面，美国参议院能源委员会于2010年通过了"千万太阳能屋顶提案"，该提案计划是在2020年之前安装1000万个太阳能系

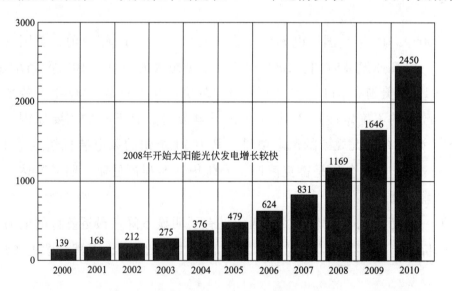

图37　美国太阳能光伏发电累计装机容量（单位：MW）

数据来源：欧洲光伏工业协会，2010

136

统，总安装容量将达到 $30\sim50$GW，财政补助方式为工程项目净投入的 50%，类似于我国的"金太阳示范工程"。美国希望以此树立太阳能全球应用市场新的领导者的角色。

在生物液体燃料方面，2010 年的乙醇生产量和生产能力均有上升，生产量已从 2009 年 107 亿加仑提高到 2010 年 132 亿加仑，比 2000 年 16 亿加仑提高了超过 750%。其中大型生产商所占份额已从 2008 年和 2009 年占 11% 提高到 2010 年的 12%，但仍低于 $2001\sim2007$ 年占 16% 和 2000 年占 41% 的份额。此外，美国还有 152 亿加仑的在建乙醇生产能力。根据美国能源情报署统计，在 2010 年生产的 120 亿～130 亿蒲式耳玉米中约有 48 亿蒲式耳被用于生产乙醇。

8.5.3 日本

日本太阳能光伏发电技术应用始于 20 世纪 70 年代的"阳光计划"，但直到 1998 年本国累计装机容量才突破 1×10^4kW。21 世纪以来，日本太阳能光伏发电保持稳定增长，特别是 2009 年开始实施的新的太阳能光伏发电补贴政策，促使日本当年新增装机 49×10^4kW，2010 年更是达到新增装机 75×10^4kW，累计装机达到 340×10^4kW，同比增长 30%，约是 2000 年的 10 倍，如图 38 所示。

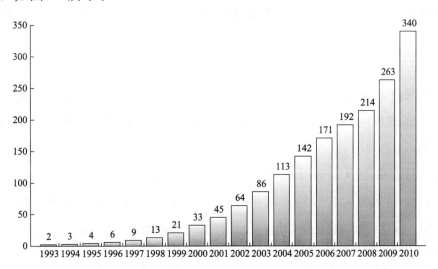

图 38 日本太阳能光伏发电累计装机容量（单位：$\times10^4$kW）

数据来源：日本能源经济研究所，2010

根据日本 2009 年制定的新能源和可再生能源发展计划，预计到 2020 年，太阳能光伏发电装机容量将达到 2800×10^4 kW，为 2005 年的 20 倍，其中户用系统约占 70%，非户用系统占 30%。

在多晶硅制造方面，由于我国、韩国等国的多晶硅企业产能扩张比较明晰，日本传统的三大多晶硅巨头所占市场份额有所下滑，德山（Tokuyama）、三菱（Mitsubishi）的产量已连续 3 年分别保持在 6700t 和 3300t，住友（Sumitomo）则在 2010 年新增产量 100t，达到 1400t。

8.5.4　新兴经济体

2010 年以来，新兴经济体以更加积极的态度加入到全球新能源革命的浪潮中。许多国家都根据各自国家社会经济发展情况和资源禀赋的不同，制定了卓有成效且各具特点的发展战略。

（1）巴西

由于巴西拥有丰富的甘蔗资源以及在第一次全球石油危机后推行的国家政策，巴西自 20 世纪 70 年代中期起就成为全球燃料乙醇的领跑者。截至 2010 年 7 月，乙醇已主导巴西运输燃料市场，以 E100（100% 乙醇）和 E25 混合使用为主，同时，政府还指令在所有汽油中要掺混 20%～25% 乙醇。巴西现新销售的所有轻型汽车都是灵活燃料汽车，允许使用乙醇和汽油的混合物来驱动。

巴西是全球最大的生物燃料出口国，占到全球市场份额的 60%。但是，由于越来越多的海外市场征收高额的进口关税，巴西乙醇在欧洲、美国等海外市场面临诸多障碍。另一方面，燃料乙醇的生产需要配合拥有灵活燃料技术的汽车。

尽管巴西在相关技术上已经取得了较大的成功，但由于缺乏生产、使用和分销乙醇的相关配套设施，灵活燃料汽车技术尚未在世界上其他地区广泛应用，这也是巴西燃料乙醇产业全球化的一大障碍。

（2）印度

印度面临的主要问题是基础设施薄弱和电力短缺，特别是农村地区的电力短缺已经成为困扰印度居民生活水平和经济发展的重要制约因素。而另一方面，印度拥有丰富的可再生能源资源，特别是非常适合分布式能源利用方式的太阳能资源。因此，印度把发展可再生能源，特别是可再生能源的分布式利用作为国家的重要能源战略。

为此，印度专门成立了"新能源与可再生能源部"，负责指导本国可再生能源的发展，并在其第 11 个五年计划中提出从 2008～2012 年增加约 $1500 \times 10^4 kW$ 可再生能源装机的目标，同时创造规模达到 190 亿美元的可再生能源市场。印度政府已经计划拿出 10 亿美元政府财政用于可再生能源津贴补助金。

特别值得强调的是，印度与 2010 年提出《国家太阳能任务》，计划到 2022 年发展 $2000 \times 10^4 kW$ 的太阳能光伏。该计划进一步强化了印度靠分布式发电解决农村用电这一重大民生问题的决心。

8.6 日本福岛核事故的影响

2011 年 3 月日本发生大地震和海啸，导致该国的福岛核电站发生严重泄漏事故。日本核事故唤起全球范围内对核安全的关注，开始重新审视能源安全和发展问题。德国、瑞士、意大利和日本先后决定不再开发核电。

德国政府于 2011 年 5 月 29 日决定将德国所有核电站在 2022 年前全部关闭。目前德国 17％的电力来自可再生能源，13％来自天然气，40％以上来自煤炭，23％来自核能。关闭核反应堆造成的电力短缺的相当一部分将由可再生能源弥补。德国环境部指出，未来 10 年可再生能源将占德国全部电力的 40％。德国将全面推动风能、太阳能、生物固体燃料、生物柴油和乙醇汽油的应用，并特别重视海上风电的发展。

瑞士政府于 6 月 7 日宣布将在 2034 年前关闭境内所有的核电站。瑞士联邦统计数据显示，2010 年度瑞士的发电比例为水力发电 55.8％、核发电 39.3％、可再生能源占 2％、其他 2.9％。受政府放弃核电政策的影响，瑞士未来将有近 40％的电力需求缺口需要弥补。根据瑞士 2050 年能源战略计划，水电和其他可再生能源方式将被用来填补关停核电站所留下的空缺。随着太阳能和风能占比的提高，该国将把传统电网升级为智能电网，同时提高能源使用效率，并扩大能源进口。

意大利早在 1987 年就通过全民公投决定停止使用核能。贝卢斯科尼政府曾一度试图恢复发展核电。日本核泄漏事件后，意大利政府 2011 年 5 月 19 日做出决定，取消在国内新建核电站的计划，而大力发展可再生能源。目前在意大利风能已占全国 5％ 的电力消耗。最近意大利政府又为 2017 年实现光伏装机 23GW 制订了详细的电价方案。一旦达到目标，意大利的光伏发电将占全部电力的 10％。目前意大利已有 7GW 光伏装机，是世界第二大光伏市场。

在发生福岛核泄漏事故之前，日本 1/3 的电力供应均来自核电。根据日本 2010 年出台的基本能源计划，到 2030 年核电在日本供电中的比重将提至 53％。事故发生后，时任日本首相菅直人表示，日本应该摆脱对核电的依赖，最终彻底废除核电站。为此菅直人提出了到 2020 年日本 20％ 能源供应来自可再生能源的目标。而 2010 年日本电力供应中仅有 9％ 来自可再生能源，这还包括水电在内。目前，政府正在就通过立法推动可再生能源发展。

中国政府在日本核事故后，启动了在建核电站的安全标准的全面审查。同时，调整完善 2007 年 10 月出台的《核电发展中长期规划》。在核安全规划批准前，暂停了所有核电项目审批。核电发展速度有可能受到安全检查的影响。从目前安全检查情况看，整体情况良好，没有发现大的隐患。在建项目没有一个因为出现安全问题而被停工，这意味着十二五规划确定的 $4000 \times 10^4 kW$ 装机目标可能实现。尽管如此，我国政府有可能将十二五规划的风电、太阳能目标调高，其中 2015 年风电装机从 $7000 \times 10^4 kW$ 调整成变成 $1 \times 10^8 kW$。太阳能装机从 $500 \times 10^4 kW$ 提高到 $1000 \times 10^4 kW$。

8.7 全球趋势展望

（1）全球风电产业的增长将有所放缓，我国市场的地位将日益凸显

虽然可再生能源持续增长的趋势没有变化，但 2010 年可再生能源增长的结构有了明显变化。欧美地区风电的发展速度都有所放缓，而光伏发电增长迅速。特别是欧盟地区，2010 年新增光伏发电装机首次超过风电新增装机。由于美国风电政策的不确定性，欧洲陆上风电开发已经达到较高水平，

以及海上风电离大规模开发仍有一段距离等原因，全球风电新增装机的增长预计将进一步放缓，而我国在全球风电市场中的占比和地位将显得更加突出。

（2）太阳能光伏发电将进一步普及，产业或将迎来爆发点

2010 年全球光伏电站装机容量的增长额中很大一部分是由德国、捷克等国下调光伏上网电价补贴引起的抢装效应带来的，这实际上是对 2011 年欧洲光伏市场扩大的一种透支。由于欧洲等主要国家光伏发电补贴费率的下调，预计 2011 年全球光伏市场增速将有所放缓，但是在 2012 年前后，光伏产业将迎来爆发点。

另一方面欧盟目前的补贴电价仍处于光伏发电成本降低后的一个合理可控的范围区间中，加上美国"千万屋顶计划"的政策效用会逐步显现，可以预见太阳能光伏发电将进一步在欧洲国家和美国普及，太阳能资源分布广泛、分布式应用便利的优势将会得到进一步发挥，光伏发电的替代作用也有望逐步凸显。

（3）美国或将树立太阳能利用领域的全球领导者地位

美国将逐步在可再生能源的应用，特别是太阳能资源利用方面，替代欧盟树立新的领导者地位。一方面美国在太阳能光伏方面拥有合理的技术路线、明确的发展目标和强有力的政策支持，近期已经明确发出了市场崛起的信号。另一方面，美国在太阳能热发电方面有着长期的技术和示范项目积累，更多的太阳能热发电商业化示范项目将会迅速进入启动建设的阶段。通过美国等国的推动，太阳能光热发电也将成为太阳能主流利用技术。

（4）生物液体燃料的不确定性加大，贸易争端有可能加剧

生物液体燃料的发展不仅关系可再生能源产业、交通运输产业的发展，更关系到美国、欧盟等发达国家和地区的农业生产的稳定。因此，主要国家都对生物液体燃料的贸易有所控制。欧盟在其"可再生能源指令"中对生物液体燃料进口设定了严格的减排准入标准，希望借此保护区域内的生物液体燃料产业和能源作物种植业。美国也采取了提高关税的政策限制超量的进口。相比而言，巴西的生物液体燃料出口可能会进一步受到限制，生物液体燃料的贸易争端将进一步加剧。

（5）全球可再生能源产业的整合和重组可能性较大

各国政府在大力鼓励新能源产业发展的同时，也在 2010 年对产业政策特别是补贴政策做出了显著的调整，以确保新能源产业发展的经济性。这些政策的变化会对产能结构进行调整，压低企业的利润空间，督促企业进行技术创新。这些变化也将可能导致企业用于规模扩张的融资变得更加困难，国际可再生能源的市场需求的不确定性增加，竞争特别是价格竞争将更加激烈。缺乏核心技术和技术创新能力的企业将面临更加残酷的市场竞争，全球可再生能源产业有逐步洗牌的可能。

9 实现可再生能源的可持续发展

9.1 发展目标

十一五期间，我国可再生能源经历了飞速发展的重要阶段，随着可再生能源技术和生产制造水平的快速提高，对未来可再生能源发展的预期也有了很大的变化。目前，国家发改委和国家能源局正在研究编制的《"十二五"可再生能源发展规划》和《战略性新型产业发展规划》，其中 2015 年和 2020 年可再生能源发展目标有很大的变化，不仅比 2007 年国家发改委公布的《可再生能源中长期发展规划》中的目标有大幅的提升，而且与 2010 年初业内讨论的可再生能源发展目标也有大幅的提升。

9.1.1 2015 年发展目标

2015 年可再生能源发展目标主要依据《"十二五"可再生能源发展规划》。到 2015 年，我国可再生能源生产量可能达到 4.5×10^8 tce，其中商业化可再生能源生产量可达到 3.8×10^8 tce。届时，加上核电 9600×10^4 tce，我国可再生能源产量可达 5.5×10^8 tce。

2015 年可能的发展目标如下：

风电装机容量可达 10000×10^4 kW 以上，在能源供应中将发挥重要作用。我国将进一步加快推进大型风电基地建设，促进风电市场的不断扩大。到 2015 年，8 个千万千瓦级风电基地形成初步的建设规模，新建装机 7000×10^4 kW 以上，全国风电年发电量达到 1900×10^8 kW·h，折合 6000×10^4 tce。

太阳能发电容量可达 1000×10^4 kW，太阳能热水器安装保有量将达到 4×10^8 m²，太阳能开发利用的总能源贡献量达到 5000×10^4 tce。发挥太阳能资源分布广泛的优势，建成有利于太阳能产品商业化推广的市场环境，不断扩大太阳能热利用和发电的市场规模，显著提高太阳能发电的经济性。到 2015 年，以西藏、内蒙古、甘肃、宁夏、青海、新疆、云南等省区为重点，建成太阳能电站 $500 \times 10^4 \mathrm{kW}$ 以上。

生物质能供气 $250 \times 10^8 \mathrm{m}^3$，生物质成型燃料达到 $1000 \times 10^4 \mathrm{t}$，生物质乙醇 $300 \times 10^4 \mathrm{t}$，生物柴油 $150 \times 10^4 \mathrm{t}$，各类生物质能的总利用量超过 $4000 \times 10^4 \mathrm{tce}$。因地制宜推动生物质能多元化发展，实现生物质能在电力、供热、交通、农村生活用能等领域的商业化和规模化利用。

在城乡普及可再生能源利用，通过各种措施，促进可再生能源在城乡建设中发挥越来越多的作用。到 2015 年，建成 100 座新能源示范城市、200 个绿色能源县、10000 个新能源示范村，以及 30 个新能源微网示范工程。解决全部无电人口供电问题，可再生能源在农村的入户率达到 50％以上。

为配合可再生能源的发展，在电网建设方面，将加快大型煤电、水电和风电基地外送电工程建设，形成若干条采用先进特高压技术的跨区域输电通道，建成 330kV 及以上输电线路 20 万公里。开展智能电网建设试点，改造建设智能变电站，推广应用智能电表，配套建设电动汽车充电设施。

9.1.2　2020 年的发展目标

根据我国正在讨论的 2020 年可再生能源发展目标和战新规划目标，到 2020 年，我国可再生能源生产量预计将可能达到 $7.5 \times 10^8 \mathrm{tce}$，其中商业化可再生能源生产量可达到约 $6 \times 10^8 \mathrm{tce}$。届时，加上核电 $1.7 \times 10^8 \mathrm{tce}$，我国可再生能源产量可达 $9.2 \times 10^8 \mathrm{tce}$，商业化的可再生能源产量可达到 $7.7 \times 10^8 \mathrm{tce}$。

2020 年我国可再生能源的具体发展目标将可能达到：

风电实现累计装机 $2 \times 10^8 \mathrm{kW}$ 以上，年发电量超过 $3000 \times 10^8 \mathrm{kW \cdot h}$，海上风电装备实现大规模商业化应用，风电装备具备国际竞争力，技术创新能力达到国际先进水平。

太阳能发电装机容量达到 $5000 \times 10^4 \mathrm{kW}$ 以上，光伏发电系统在发电侧实现平价上网。太阳能热利用安装面积达到 $8 \times 10^8 \mathrm{m}^2$；太阳能光伏装备研发和制造技术达到世界先进水平，太阳能热发电实现产业化和规模化发展。

生物质能发电装机达到 $3000 \times 10^4 \, \mathrm{kW}$。生物燃气年利用量达到 $500 \times 10^8 \, \mathrm{m^3}$。固体成型燃料年利用量达到 $5000 \times 10^4 \, \mathrm{t}$。非粮生物液体燃料年利用量达 $1200 \times 10^4 \, \mathrm{t}$。实现新一代液体燃料的商业化推广，生物质能利用量超过 $1 \times 10^8 \, \mathrm{tce}$。

9.2　各领域的发展趋势

9.2.1　风电

国际风电开发实践和研究分析显示，风电是技术最成熟、成本最有竞争力、发展潜力巨大的非水电可再生能源。借鉴领先国家经验，通过加强风电开发规划管理、完善产业体系、改革创新电力市场体制机制，风电将可望继续快速持续发展，成为新增电力中最主要的可再生能源技术之一。

（1）进入大规模开发阶段

陆地风电在国内外已实现大规模开发。我国风电将继续保持良好的发展势头，继续推进 8 个千万千瓦级风电基地的建设。统筹研究制定风电市场消纳和输电规划，坚持以规划引导、规范风电基地建设，有序推进风电开发利用，并着力加强风电场建设运行管理、提升技术和设备质量水平。在集中开发三北风电基地的同时，充分发挥东中部地区电网接入条件好、消纳能力强的优势，积极开发当地的分散风能资源。

近海风电在国际上也开始规模化发展，在我国也可望在未来 5 年内实现规模化发展。未来将进一步加强海上风能的评估，海上风电并网、消纳和价格补贴政策机制等相关配套的研究。

（2）开发格局和布局逐步优化

考虑国际经验和我国国情，在重点开发大型集中风电基地的同时加快开发分散小型风电场，更加注重电源与负荷中心的匹配，优化电网结构，降低风电输配电成本。积极开发沿海海上风电，有利于风电消纳和降低社会成本。

欧洲特别是北欧，分布式发电是风电开发的主要模式，在我国也有较好的应用前景。分布式发电主要划分为分布式小型风电场分散上网、风电直接为高能耗企业供电等分布式应用，以及风电场与相应规模的蓄电装置组合等模式。为此，要在大规模发展并网风电的同时，积极开展风电非并网应用的技术研究和产业试点工作，推进风电与其他能源系统的互补，以及大规模蓄电技术的应用，争取在2020年左右进入商业示范和推广阶段。

（3）技术进步以提高潜力和竞争力

首先，我国风能资源详查与评估技术向精细化发展。提供更精细的数值模拟评估技术，为风电发展提供定量的指导。其次，多兆瓦级风电机组自主知识产权的设计技术和制造技术进一步完善，零部件设计制造的国产化率进一步提高，风电机组制造成本降低，海上风电机组的相关研究进入实质进展阶段。

并网技术及输配电调度更加成熟，风电场规划、建设、管理要与其他传统发电形式、电网的规划、建设、管理更加协调。省区电网间的调度以及风电就近消纳问题得到更好的解决。

发展风电与其他发电技术组成的互补系统。因地制宜地发展风/水（如西藏、青海）、风/气（新疆）等多种发电形式互补系统，更多地调节电源的应用，增强电源供应的稳定性。

加强风电机组可靠性，对抗我国复杂的气候环境，减少风电场的损失，主要研究台风和低温两种恶劣气候环境下风电机组的可靠性设计，和在低温及台风登陆地区建设风电场的对策等。

（4）进一步改善风电自然生态环境效益

更多地考虑环境因素和动植物保护，监管体制进一步完善，盲目开发的现象得到缓解，通过更合理的规划布局和开发强度，可以有效控制风电场建设带来的环境破坏，与生态保护区协调发展。对温室气体减排的贡献更加明显。

9.2.2　太阳能

9.2.2.1　太阳能发电

太阳能光伏发电未来的发展趋势是以建设高水平、具有国际竞争力的太阳能光伏产业整体产业链为战略目标，着力突破太阳能光伏发电目前所面临的瓶颈问题，优化太阳能光伏产业结构，以提高科技水平、提高能源利用效率为核心，以多晶硅制造新工艺和技术、高效低成本太阳能光伏电池、高端太阳能光伏电池设备、高性能太阳能利用技术为重点，以技术和研究创新为动力，构建以新技术推广应用促进产业发展的机制，更加突出自主创新、更加突出技术高端化，推动太阳能光伏发电的良性发展。其发展趋势主要表现在如下几个方面。

（1）降低成本，提高太阳能光伏产业的市场经济性

太阳能光伏发电成本下降需要克服硅材料生产、电池制备、组件生产、系统集成等各个环节的技术难关，通过技术创新等手段来突破目前的技术瓶颈。未来可通过降低原材料成本、提高电池效率、降低电池和组件制造成本、提高设备国产化率和降低平衡系统成本等多个途径降低太阳能光伏发电的成本。从影响光伏电池生产成本的角度考虑，有四个方面可以降低光伏发电成本。

① 降低原材料成本，提高电池效率。随着我国多晶硅工厂的产能释放以及进口多晶硅价格的持续下降，太阳能多晶硅价格已经达到 50 美元/kg的水平，在上游企业硅材料用料降低、下游电池制造商电池效率不断提高的情况下，多晶硅成本占晶体硅电池成本的比例已经从 2008 年的 70% 以上降低到 30% 以下，约折合 0.4 美元/W。从技术角度来讲，随着新工艺的进步，太阳能多晶硅价格仍有大幅下降的空间，太阳能光伏电池的发电效率也将稳步提升。

② 降低电池和组件制造环节成本。截至 2009 年底，我国晶体硅太阳能光伏电池组件的价格约为 1.8 美元/峰瓦（相当人民币 12 元/峰瓦）。与太阳能多晶硅成本快速下降相比，"硅片-电池片-组件"的制造环节成本并未发生较大变化，所占比重由不足 30% 提高到 70%。在继续注重降低多晶硅原料成本的同时，通过关注太阳能光伏电池和组件制造环节，可以继续降低电池制造和封装成本，提高关键材料的国产化率。

③ 提高设备国产化率，降低生产装备的成本。我国太阳光伏电池低廉的价格，除与企业努力降低成本密切相关以外，还得益于生产设备的国产化。同样的全套太阳能光伏电池生产线，一条 25MW 的生产线大约需要5000 万～6000 万元人民币，而一条国产设备的产线仅需 2000 万～3000 万元，

比进口生产线低了 40％～60％以上；关键生产设备情况类似，一台 8 英寸的单晶炉，进口设备需要 80 万元人民币一台，国产设备仅为进口价格的一半；一台 270kg 多晶硅铸锭炉进口价格大约 130 万美元，国产设备只需要 130 万人民币。在当前我国光伏电池核心技术不断有突破的情况下，诸多的光伏产品加工设备仍然依赖进口。因而，通过提升光伏生产装备自身的研发及全面国产化，对促进光伏发电成本下降的空间相当大。

④ 降低平衡系统（BOS）成本。随着太阳能电池和组件价格的下降，包括逆变器和蓄电池等在内平衡系统的投资已经接近了组件投资成本，平衡组件占系统总投资的比例已经由 20％～30％上升到 40％左右。随着我国大型并网光伏市场扩大和储能系统的发展，平衡部件成本的下降将是促进未来并网光伏发电成本下降的一个重要方向。

按照我国光伏产业目前的发展趋势，随着技术进一步提升和装备的全面国产化，初步预计到 2015 年，我国太阳能光伏发电系统初始投资有望降到 1.5 万元/kW，发电成本小于 1 元/(kW·h)，可以在配电侧达到平价上网。经过努力，到 2020 年初始投资有望达到 1 万元/kW，发电成本达到 0.6 元/(kW·h)，可以在发电侧达到"平价上网"。

（2）进一步拓展国内市场，扩大太阳能光伏在我国的应用规模

从市场角度，我国光伏产业发展具有较为坚实的市场保障。从外因来看，一方面，新能源和可再生能源产业作为国家发展战略性新兴产业的重点，将会得到比较大的政策支持，另一方面，国内太阳能光伏发电市场也开始规模化启动，国内市场基础雄厚；从内因来看，国内太阳能光伏产业已经形成比较明显的规模、集群和成本优势，产品国际竞争力明显，这些都将有利于我国光伏制造产业的持续健康发展。

在这样国际和国内形势下，我国可再生能源在未来 5～10 年内将面临较大的发展机遇，而我国太阳能光伏发电市场已经开始规模化启动，未来将持续高速发展，这将给国内光伏产业提供有效市场保障。

从近期看，我国太阳能发电项目建设规模将持续扩大。其中，第二轮光伏电站特许权招标项目、西藏光伏电站工程建设将继续推进；"金太阳工程"将继续支持城市建筑推广太阳能光伏发电；户用光伏系统或独立光伏电站将进一步解决无电人口集中地区的用电问题，这些项目的开工建设都将扩大我

国光伏发电市场。

从长远看，我国太阳能光伏发电市场空间广阔、潜力巨大，具有至少上亿千瓦的市场潜力，在无电地区的应用、分布式发电、大型荒漠电站方面都有较大的发展。

（3）完善太阳能光伏发电政策

我国将进一步完善太阳能光伏的激励政策，适时推出上网电价政策，并网政策等，为太阳能光伏发电的大规模发展提供保障。

从光伏发电的应用技术角度，关键是屋顶分布式光伏系统和沙漠集中电站技术和工程，以及与之相配套的并网技术和大规模蓄电技术等。屋顶并网分布式发电系统技术将首先在工厂、商场等有较大受光面积的建筑开始，重点做好与建筑一体化工作。

沙漠光伏发电系统技术主要是大型、超大型沙漠电站技术和示范工程应用技术。光伏发电并网方面的发展方向主要是高压和低压并网系统技术，超大型沙漠电站的长距离输电技术，电网调度技术和多电源联合运行技术等。另外，未来多能互补的微型电网技术应用也将推动光伏发电的分布式应用，实现多种能源、储能和可调节负载的平衡和智能化管理。

（4）进一步推进太阳能热发电的示范与推广

太阳能热发电结合储热可以有效提高其发电的连续性和稳定性，可作为基础负荷，这是太阳能热发电优于光伏发电的地方。我国的太阳能热发电技术的研发与应用尚处于起步阶段。与光伏发电相比，太阳能热发电除发电外，其中高温余热还可用于海水淡化等，具有较大的成本降低的可能性，储热成本也只有储电的十分之一。远期有可能成为重要的能源来源。近期在我国将主要是荒漠化热发电站示范工程和与常规火电厂联合运行示范工程等建设项目推广，这将成为今后较长一个时期内开发利用太阳能热发电技术的重要发展趋势之一，尤其是太阳能热发电系统与常规火电厂联合运行系统，既可高效利用太阳能热系统提供中低温、中低压的水蒸气，又具有很高的发电系统综合效率。

9.2.2.2 太阳能热利用

太阳能热利用未来发展趋势主要是：在产业建设方面，进一步提高产业生产效率和产品质量，推进全自动化生产线的研发和制造，支持平板集热器和中高温集热器的研发和生产，加强、完善产业的配套服务体系。在应用方面，拓宽热利用的应用范围，加快太阳能取暖、制冷系统的推广、应用，提高太阳能热利用在建筑节能领域的贡献；推进工业领域的太阳能热能供应，拓展应用领域；进一步完善政策，普及太阳能热水系统的应用。

其发展趋势主要表现在如下几个方面。

（1）提高太阳能热利用在建筑能耗中的贡献比例

建筑能耗在我国终端能源消耗中占近30％的比例，而建筑能耗的80％以上是热能消耗，其中建筑供热、采暖能耗占的比例最大，而这部分热能大部分可以采用太阳能热利用技术来提供。因此，太阳能热利用技术对实施建筑节能有巨大作用，特别是太阳能供热、采暖综合利用系统具有更为明显的能源替代作用。

未来将加大对中高温集热器的产品研发和装备制造的支持力度，重点支持中高温镀膜技术及相关装备的研发和生产，突破中高温真空管、反射装置、跟踪设备等关键技术难关，实现中高温集热器的规模化生产，为太阳能空调、太阳能热发电等技术的推广和应用奠定基础；加大对平板集热器及其生产装备的研发力度，重点发展高效平板集热器的镀膜装备和焊接装备，并通过规模化生产提高产品质量、降低生产成本，研发、生产易与建筑结合，分体、承压的平板集热器，加强太阳能建筑一体化技术的推广与应用。

（2）推进太阳能热利用系统在工业领域的应用

将来随着太阳能集热技术的提高，太阳能热水系统技术的完善，太阳能热水系统的应用范围将逐渐由家庭、公共建筑用热水、扩展到工业应用领域，为一些需求热水的行业，如：印染行业、陶瓷行业等提供用热需求，这为太阳能供热水提供了广阔的发展空间。因此，需要积极提高太阳能系统，尤其是大规模太阳能集热系统的系统集成能力，发掘工程运作的商业模式，扩展太阳能热利用的应用范围。

（3）完善产业体系建设，提高产业自动化水平，加强产品质量监控

未来，太阳能热利用需进一步完善产品质量控制体系，包括标准、检测、认证等，引导产业健康发展。加快产业生产自动化水平的提高，重点支

持真空管全自动生产线的研发和生产，实现全部工艺的连续生产和自动控制，提高产品质量。尽快规范产品售后服务体系，对施工安装和售后服务提出明确要求。

9.2.3　生物质能

生物质能产业将继续向多元化发展，各种生物质能利用的规模将继续稳步扩大，生物质能资源综合利用水平持续提高，经济和资源环境效益进一步改善。

随着生物质发电相关政策的进一步明晰，生物质混燃发电（主要是垃圾焚烧发电）产业将会扩大发展，垃圾发电率将显著提高，可有效缓解垃圾处理的环境问题。农林生物质发电的规模也会随着装备技术的成熟和投资成本的下降稳步增长。

我国生物质发电应当因地制宜，因资源数量和种类而宜，优先考虑小型、分散式的发展模式。这种发展方式有利于减少利益链条，做到致富于民。生物质发电的成本主要取决于生物质原料价格，由于生物质分散和季节性强，因此生物质收集、运输和储存成本较高，所以生物质发电必须做好经济效益和农民替代用能合理性的分析。综合考虑资源特性和生物质发电技术经济特点，在生物质资源相对集中地区，优先发展中型生物质直燃/混燃发电和生物质热电联产项目，生物质资源相对分散区域（如广大农业区）灵活发展中小型生物质或与煤混合燃烧发电，在大中城市发展城市有机垃圾直燃发电或填埋产生的沼气发电。

对于气化发电，根据国内内燃发电机企业的研发进度判断，预期在近期500kW 机组发电效率可达到国际先进水平；单机规模为 1MW 及以上的低热值燃气内燃发电机组有望研究成功，到 2014 年实现产业化。

垃圾填埋气发电技术目前尚缺乏适用于小规模沼气发电装置并网的专用设备和标准，预计到 2015 年，并网问题得到解决后其技术成熟度将高于垃圾焚烧发电，预计到 2020 年将达到技术成熟阶段。预计到 2015 年垃圾焚烧技术的应用规模将超过垃圾填埋气发电技术的使用。

沼气在我国农村地区的应用，主要以户用沼气的形式为居民提供清洁生活燃料。当前急需解决的是沼气工程装备的标准化，为沼气产业的规模化发展奠定基础。随着社会经济水平的不断提高和畜禽养殖集中化，大中型禽畜养殖场等沼气工程，采用集中工业化处理模式、兆瓦级大型沼工程的热电联产供将是未来农村沼气的利用和发展方向。另外，沼气净化作为车用燃气具有极大开发应用潜力。大型沼气工程将实现废弃有机垃圾的全回收利用，由此将带来巨大的社会效益和环境效益。

在生物质成型燃料领域，今后应尽快提高技术装备水平、发展集约化农林生物质致密成型燃料的生产模式、降低生产成本、开拓应用市场，在适宜地区有一定规模的发展。随着城市节能减排力度加大和农村清洁能源利用水平的提高，对生物质致密成型燃料的需求将日趋增大。生物质致密成型燃料将作为替代城市供热锅炉燃煤和农村生活用能的主要原料，在资源富集地区将具备市场发展空间。在资源供给方面，若 2020 年生产 2000×10^4 t 成型燃料大约需 3600×10^4 t 秸秆或林业剩余物，考虑到生物质发电和生物液体燃料的秸秆的消耗量，原料将完全能够满足需求。

生物液体燃料将以甜高粱、木薯、甘薯等低质糖类和淀粉类作物为原料的技术路线。这种方式具有单位土地面积产量较高、生产成本较低、化石能源替代效益高于玉米燃料乙醇的优点，被认为是我国近期可行的发展方向。尽管木薯等原料不是主要的粮食作物，但也在工业、医药、养殖等领域广泛应用。若大范围地利用它们制取液体燃料势必需要和既有用途进行竞争，从而导致资源总量上的短缺。另一方面，大量原料种植土地开发也存在很多限制因素，原料问题可能仍会制约燃料乙醇的发展。目前一批新兴生物液体燃料技术正处于研发中试阶段，可望在未来逐步实现工业化、商业化应用，主要是以纤维素生物质为原料的第二代生物液体燃料，如纤维素燃料乙醇、生物质合成燃料和裂解油，以及能源藻类生物柴油、微生物制氢等第三代生物燃料。利用木质纤维素制取燃料乙醇不存在与民争粮的问题，也有一定的资源基础，也将是未来大规模发展的主要方向。

"十二五"期间，燃料乙醇的利用量将达到 300×10^4 t，即非粮燃料乙醇具备约 100×10^4 t 的开发潜力。生物柴油的利用量将达到 150×10^4 t，市场前景同样十分广阔。

9.3　实现可持续发展的政策建议

（1）制定明晰的新能源发展路线图

路线图是一项战略性计划，明确为实现既定目标需要采取的措施与步骤，指出近期、中期和长期的任务重点，目的是为了支持特定技术的开发、设计和应用推广。路线图应包括清晰的目标设计、关键时间节点的重要事件、可能出现的障碍和差距、重点的任务设计、优先的事件和期限等。除此之外，关键的是还要针对路线图设计切实可行的具体执行措施，以保证所设计的目标得以实现。路线图是一个动态的过程，在其制定、执行过程中，要根据实际进展情况和技术发展状况进行不断的跟踪和更新。现在欧洲、美洲等发达国家都有相应的部门和机构进行可再生能源技术路线图的制定和更新，以指引本国的可再生能源技术的发展和应用。但是在我国还没有一个研究机构来进行可再生能源技术路线图的设计、长期跟踪和不断修正。这将制约我国可再生能源技术和产业的进一步发展。

目前，发达国家，如欧洲的丹麦、德国等和美国针对新能源与可再生能源如风能、太阳能等都出台了相应的技术路线图，明确了关键时间节点上技术发展目标，重点任务、主要措施等，对其风能、太阳能等可再生能源技术的发展起到了一个非常明确的指引作用，帮助国家有效地协调各种资源，促进路线图的实施，有力推动了风能、太阳能技术和产业的发展。路线图的设计促进了这些国家可再生能源技术发展和应用，奠定了这些国家在新能源和可再生能源技术发展与应用方面的领先地位。

目前为止，我国的可再生能源发展，仍缺乏清晰的指导思路，没有清晰的技术发展路线图，长期处于模仿国际先进水平的地位，没有制定自主研发和创新的方向。因此，我国亟需建立清晰的技术路线图，以此为基础，快速发展我国的新能源和可再生能源产业，在新一轮的国际能源变革中，提升我国的综合竞争实力，扩大我国的话语权。

（2）适时开征碳税并开展碳排放权交易

根据发展清洁能源、应对气候变化、发展低碳经济的需要，为了实现我国 2020 年可再生能源占比目标和碳减排目标，政府将有必要运用包括碳税、碳排放权交易等碳减排政策手段。具体来看，碳税是对排放的二氧化碳进行征收的税种，但实践中的实际征税对象是各种化石能源。

理论上，碳税对于可再生能源的促进作用机理为：通过对化石能源征税，提高化石能源的成本，相对缩小化石能源（如火电）与可再生能源（如风电、核电）之间的成本差距，从而促进可再生能源的发展。由于碳税相对于其他碳减排手段具有碳价格的确定性，政策适时上的灵活性等特点，未来应该适时开征，以体现化石能源的外部成本，从而为可再生能源创造公平的市场环境。

从新政策制定角度，以下因素需要着重考虑。

① 碳税的设置环节问题。碳税应设置在化石能源的消费环节，但在实施初期，从征管现状出发，从机制实施执行角度，对于煤炭、天然气、成品油，可以考虑在化石能源开采和生产环节征收；在未来征管条件具备的情况下，可考虑将成品油和天然气调整到批发和零售环节征收，煤炭调整到耗能企业的消费环节征收。

② 要考虑设置合适的碳税税率水平，循序渐进。由于化石能源税负的提高，可能会影响国家经济增长、产业竞争力等，因此，从减少改革阻力和便于推出的角度看，碳税税率在初期不能设置过高，在改革一定时期后，再根据经济社会形势、促进清洁的可再生能源发展、推进节能减排的需要，逐步提高税率。

③ 要考虑与其他税费等制度改革的协调。应该注意到，碳税的改革涉及其他方面税制改革，例如，与能源资源税与矿产资源补偿费等收费之间的关系，能源税收与资源价格形成机制的关系，以及碳税与碳排放权交易制度的关系协调等。

（3）加强绿色能源县示范工作

农村能源是指农村地区的能源消费和能源生产两个方面。农村能源的提出是针对农村地区基础设施不发达，商品能源供应不足，主要依靠当地生产的可再生能源资源来提供，严重地制约农村地区社会经济发展和生态环境改善而提出的。我国是一个农业大国，2010 年，我国农村人口约 7.13 亿，占全国总人口的比重为 53.4%，农村能源问题特别突出。

尽管我国政府高度重视农村能源建设，从 2004 年开始，连续 7 年的中央一号文件和党十七届三中全会等都对农村能源发展提出了明确要求，出台了一系列政策措施，增加了资金投入，农村能源建设取得了显著成绩，然而，我国农村能源发展仍然存在着许多问题：

① 能源结构单一，我国农村居民生活用能仍以秸秆、薪柴为主，优质能源比例低，能源消费结构极不合理；

② 城乡差距较大。2009 年，农村居民人均生活商品用能为 170kg 标煤，仅为城镇居民人均生活用能的 52％；

③ 市场化程度低。

长期以来，我国农村地区能源设施现代化、规模化水平低，技术、资金投入不足。农村能源统一协调管理机制缺乏，相关政策措施标准不配套，农村能源技术服务支撑体系薄弱。煤、液化气等农村能源市场不完善，尚未实现网点化供应，价格及质量不稳定，农民的消费利益难以保障。

为了解决上述问题，2010 年 10 月 28 日，国家能源局、财政部、农业部决定，对可再生能源开发利用基础较好的北京市延庆县等 108 个县（市）授予了"国家首批绿色能源示范县"称号，拟对符合条件的绿色能源示范县建设予以支持，通过开发利用可再生能源资源、建立农村能源产业服务体系、加强农村能源建设和管理等措施，为农村居民生活提供现代化的绿色能源和清洁能源。

2011 年，财政部、国家能源局和农业部又出台了《绿色能源示范县建设管理办法》和《绿色能源示范县建设补助资金管理暂行办法》，从项目建设和资金两个方面为绿色能源县建设提供保障。

为了提高绿色能源县建设的效果，实现我国农村能源可持续发展，对策建议如下：

① 改变过去我国在农村能源建设方面传统做法，坚持政府扶持和市场推动相结合原则，坚持公平、公开和效率优先原则，坚持尊重专家意见和科学决策的原则，以政府引导、县为单位、因地制宜、整体规划、分批实施、市场运作的思路，确保绿色能源示范县建设取得实效；

② 从宏观层次继续完善政策体系，强化对生物质能技术和产业支持，适当提高补贴标准。强化对农林废弃物能源化利用技术和产业发展的扶持力度。强化能源后续管理和服务体系的建设，支持服务专业化、管理物业化模

式的建立；

③ 应特别强调规划的作用。所有纳入国家绿色能源示范县支持计划的县，都应认真做好相应规划，规划中应客观反映该县的可再生能源资源状况，可再生能源应用技术进展，项目选择情况和服务管理体系的建立等；

④ 编制绿色能源示范县实施方案。方案要反映在该县进行绿色能源示范县的可行性，包括技术工艺可行性和项目经济可行性。明确发展目标、技术路线、运营模式、中央补助资金使用计划、管理方式和措施等。

（4）启动新能源城市示范工程

发展可再生能源，落实国家产业政策，一个重要的途径就是通过开展国家重大计划（示范项目）推动产业发展，除了上述提到的推动农村能源经济的绿色能源示范县项目，为了推动城市新能源资源的开发利用和技术应用，减少城市化石能源消耗，在城市实施新能源示范城市项目，有助于加快新能源开发利用和示范推广。

当前，城镇能源占全社会能耗的 80％，发展可再生能源有很大的潜力和空间。城市具有良好的政策环境和技术条件，除风电、生物质能以及核电等可再生资源主要分布在郊区以及偏远地区，太阳能、地热以及运用先进的需求侧管理技术和运行机制、智能电网（电表）等都具备在城市大规模推广应用的条件，有利于提高城市可再生能源消费份额。具体包括，积极推动与建筑结合的光伏发电项目建设、分布式光伏和微网系统示范建设；推广太阳能热利用，提高太阳能热水器与建筑结合开发；推动生物质固体颗粒作为生活和发电燃料、城市垃圾焚烧和填埋替代发电燃料；进一步加快生物质燃料替代燃油的示范和应用；发展智能电网，推广在城市使用智能电表，加强需求侧管理技术和运行机制的应用。

构成内容	构成内容细分	具体内容	所起作用
一、法律法规	1. 已经出台的法律法规	《电力法》《煤炭法》《可再生能源法》等	以立法形式确定可再生能源发展地位,将发展可再生能源作为全民义务和政府应尽的职责,明确政府在促进可再生能源发展的过程中被赋予的权限,并对其权限进行监督
一、法律法规	2. 应尽快制定的法律法规	《能源法》《石油法》《天然气法》《原子能法》《能源市场监管法》等	
一、法律法规	3. 已经出台的各类部门规章	《促进风电产业发展实施意见》发改能源(2006)2535号、《可再生能源电价附加收入调配暂行办法》发改价格(2007)44号、《国家发展改革委、财政部关于加强生物燃料乙醇项目建设管理,促进产业健康发展的通知》发改工业(2006)2842号、《成品油市场管理办法》商务部令2006年第23号、《可再生能源建筑应用专项资金管理暂行办法》财建(2006)460号、《可再生能源建筑应用示范项目评审办法》财建[2006]459号、《国家发展改革委关于风电建设管理有关要求的通知》发改能源(2005)1204号、《风电场工程建设用地和环境保护管理暂行办法》发改能源(2005)1511号、《关于发展生物能源和生物化工财税扶持政策的实施意见》2006年9月30日由国家林业局会同财政部、国家发改委、农业部和税务总局联合下发、《外商投资项目采购国产设备退税管理试行办法》国税发(2006)779号、《可再生能源十一五发展规划》国家发改委2008年3月、《财政部关于调整大功率风力发电机组及其关键零部件、原材料进口税收政策的通知》财关税(2008)36号、《风力发电设备产业化专项资金管理暂行办法》财建(2008)476号、《太阳能光电建筑应用财政管理暂行办法》财建(2009)129号、《金太阳示范工程财政补助资金管理暂行办法》财建(2009)397号、《可再生能源建筑应用城市示范实施方案》财建(2009)305号、《加快推进农村地区农村地区可再生能源建筑应用的实施方案》财建(2009)306号、《国家发改委关于完善风力发电上网电价政策的通知》发改价格(2009)1906号、《风电厂功率预测预报管理暂时办法》、《产业结构调整指导目录(2011年本)》国家发改委会同国务院有关部门修订发布等	贯彻立法宗旨,落实立法措施,实现立法目标

构成内容	构成内容细分	具 体 内 容	所起作用
一、法律法规	4.已经出台的各类技术规范和标准	太阳能领域：《民用建筑太阳能热水系统应用技术规范(GB 50364—2005)》、《平板型太阳能集热器技术条件》、《光伏系统并网技术要求》、《光伏电站接入电力系统的技术规定》、《太阳集热器性能实验方法》、《真空管型太阳集热器技术条件》等。 地热能领域：《地源热泵工程应用技术规范》、《地热发电接入电力系统的技术规定》等。 风力发电领域：《风力发电机组第1部分：通用技术条件》、《风力发电机组第2部分：通用试验方法》、《国家电网公司风电场接入电网技术规定(试行)》、《国家电网公司风电场接入系统设计内容深度规定(试行)》等。 生物质能领域：《变性燃料乙醇(GB18350—2001)》、《车用乙醇汽油(GB18351—2004)》、《柴油机燃料调和用生物柴油(GB/T20828—2007)》等	规范可再生能源行业的市场行为，实现相关产业的持续、健康、快速发展
	5.应尽快制定出台的各类技术规范和标准	《风电设备制造行业准入标准》、《风电机组低电压穿越能力测试规程》、《风电场并网测试标准》、《电场工程施工组织设计规范》、《电机组拆除技术导则》等	
二、基本制度	1.现行制度	总量目标制度、全额保障性收购制度、分类电价制度、费用分摊制度和专项基金制度等	《可再生能源法》确立的基本制度为出台具体支持政策提供了制度保障。而建立生态税制度的目的是增加化石能源的使用成本，同时奖励新能源的开发与应用
	2.需要出台的新制度	生态税制度，包括资源税、能耗税、排放税、碳税等	
三、规划与目标	1.已经公布的规划	《可再生能源中长期发展规划》、《可再生能源发展"十一五"规划》、《高技术产业发展"十一五"规划》、《中长期核电发展规划》等分别明确了可再生能源产业的发展目标	提出明确的市场目标，引导可再生能源产业持续快速发展
	2.应加快颁布的规划	《可再生能源发展"十二五"规划》和《新兴能源产业发展规划》等规划与目标	
四、政策与机制	1.电价政策	我国风电、生物质能发电实行标杆上网电价政策，电价高于燃煤电价部分在全网分摊。太阳能发电电价采取"一事一议"，逐项审批	
	2.资源特许权招标	风电特许权项目招标；风电基地项目招标；大型地面光伏电站招标；海上风电项目招标，国家提供带补贴的上网电价等	相关规定为相关项目的选择提供了可操作的机制
	3.补贴政策	《太阳能光电建筑应用财政补助资金管理暂行办法》、金太阳示范工程对光伏应用的初投资的一定比例给予补贴等	提高可再生能源产业向商业化和规模化发展能力

续表

构成内容	构成内容细分	具 体 内 容	所起作用
四、政策与机制	4. 税收激励政策	增值税优惠。自2001年1月1日起,对属于生物质能源的垃圾发电实行增值税即征即退政策;自2001年1月1日起,对风力发电实行增值税减半征收政策;自2005年起,对国家批准的定点企业生产销售的变性燃料乙醇实行增值税先征后退;对部分大型水电企业实行增值税退税政策。自2009年1月1日起,国家实行全行业的增值税转型改革,允许企业抵扣新购入设备所含的增值税;消费税优惠。自2005年起,对国家批准的定点企业生产销售的变性燃料乙醇实行免征消费税政策;进口环节税收优惠。对国内投资项目和外商投资项目进口部分的可再生能源设备,如风力发电机与光伏电池,在规定范围内免征进口关税和进口环节增值税;企业所得税优惠。企业利用风力、太阳能、废水、废气、废渣等生产的电力、热力,可在5年内减征或免征所得税等	提高可再生能源产业向商业化和规模化发展能力
	5. 强制市场政策	MMS政策或RPS政策,配合以绿色证书交易机制等	给可再生能源合适的市场空间
	6. 绿色电力市场政策	可以选择采取自愿和强制的绿色能源市场政策	提高公众对可再生能源重要性的认识,提高可再生能源发展能力
	7. 鼓励民间资本投资及优惠贷款政策	国务院新36条《关于鼓励和引导民间投资健康发展的若干意见》等	提高可再生能源投融资能力
	8. 研发政策	《国家中长期科学和技术发展规划纲要》等	实施知识产权战略和技术标准战略,通过激励企业技术创新的财税政策就促进创新创业的金融政策等实现风能、太阳能、生物质能等可再生能源技术取得突破并实现规模化应用

可再生能源政策—综合

2010-01-22 国务院办公厅《关于成立国家能源委员会的通知》

2010-04-13 财政部、海关总署、税务总局《关于调整重大技术装备进口税收政策暂行规定有关清单的通知》

2010-05-07 财政部《关于组织申报 2010 年可再生能源建筑应用城市示范和农村地区县级示范的通知》

2010 06 03 财政部关于印发《合同能源管理项目财政奖励资金管理暂行办法》的通知

2010-07-01《中国资源综合利用技术政策大纲》

2010-10-10 国务院关于加快培育和发展战略性新兴产业的决定

2010-10-28 国家能源局、财政部、农业部《关于授予北京市延庆县和江苏省如东县等 108 个县(市)国家绿色能源示范县称号的通知》

可再生能源政策—风能

2010-01-22 国家能源局和国家海洋局《关于印发〈海上风电开发建设管理暂行办法〉的通知》

2010-12-23 国家发展改革委《关于印发促进风电装备产业健康有序发展若干意见的通知》

可再生能源政策—生物质能

2010-05-31《关于组织开展城市餐厨废弃物资源化利用和无害化处理试点工作的通知》

2010-07-18 国家发展改革委《关于完善农林生物质发电价格政策的通知》

2010-08-10 国家发展改革委《关于生物质发电项目建设管理的通知》

可再生能源政策—太阳能

2010-04-02 国家发展改革委《关于宁夏太阳山等四个光伏电站电价的批复》

2010-04-16 财办建[2010]29 号《关于组织申报 2010 年太阳能光电建筑应用示范项目的通知》

2010-09-21 财政部、科技部、住建部、国家能源局《关于加强金太阳示范工程和太阳能光电建筑应用示范工程建设管理的通知》

2010-11-19 国家财政部《关于做好 2010 年金太阳集中应用示范工作的通知》

2010-12-31 工信部、国家发展改革委、环保部《多晶硅行业准入条件》

可再生能源政策—小水电

2010-11-23 财政部、国家发展改革委、国家能源局《关于规范水能(水电)资源有偿开发使用管理有关问题的通知》

可再生能源政策—其他

2010-04-17 住建部《关于发布行业标准〈城镇地热供热工程技术规程〉的公告》

2010-05-18 财政部、国家海洋局《关于印发〈海洋可再生能源专项资金管理暂行办法〉的通知》

2010-05-31 财政部《关于开展私人购买新能源汽车补贴试点的通知》

2010-05-31 财政部《关于扩大公共服务领域节能与新能源汽车示范推广有关工作的通知》

2010-06-01《2010 年海洋可再生能源专项资金项目申报指南》

2010-09-07 国家发展改革委办公厅《关于开展农村电网改造升级工程规划有关要求的通知》

2010-10-16 国家发展改革委办公厅《关于印发〈农村电网改造升级项目管理办法〉的通知》

可再生能源电价

2010-04-02 国家发展改革委《关于宁夏太阳山等四个太阳能光伏电站临时上网电价的批复》

2010-05-09 六部委关于立即组织开展全国电力价格大检查的通知

2010-07-18 国家发展改革委《关于完善农林生物质发电价格政策的通知》

2010-08-12 国家发展改革委、国家电监会《关于 2009 年 7～12 月可再生能源电价补贴和配额交易方案的通知》

可再生能源电力

2010-11-04 关于印发《电力需求侧管理办法》的通知

1. 可再生能源法修订后正式实施

2009年12月26日十一届全国人大常委会第十二次会议表决通过了关于修改《中华人民共和国可再生能源法》的决定。修改后的法律规定，国务院能源主管部门会同国务院有关部门，根据全国可再生能源开发利用中长期总量目标和可再生能源技术发展状况，编制全国可再生能源开发利用规划，报国务院批准后实施。国家实行可再生能源发电全额保障性收购制度。国家财政设立可再生能源发展基金，资金来源包括国家财政年度安排的专项资金和依法征收的可再生能源电价附加收入等。修改后的可再生能源法自2010年4月1日起施行。

2. 首批国家能源研发中心成立

2010年1月6日国家能源局正式向海上风电技术装备研发中心等16个中心授牌，这标志着我国能源高科技研发进入一个新阶段。这16个研发中心涉及核电、风电、高效发输电以及设备材料等能源重点行业和领域，对于我国能源发展意义重大。

3. 我国风能资源详查结果出炉

2010年1月5日，中国气象局公布我国首次风能资源详查和评价取得的进展和阶段性成果：我国陆上离地面50m高度达到3级以上风能资源的潜在开发量约23.8×10^8kW；我国5～25m水深线以内近海区域、海平面以上50m高度可装机容量约2×10^8kW。

全国风能资源详查和评价是中国气象局于2007年7月开始组织实施的一项重要工作，是开发利用气候资源、应对气候变化的一项重要举措。此次阶段性风能资源评估结论可作为风电规划、风电建设项目立项的基本依据，对促进我国风电产业健康有序发展具有重要的参考作用。

4. 年产 6×10^4 t 生物柴油项目投产

2010 年 1 月 20 日中海油年产 6×10^4 t 生物柴油产业化示范项目投产。这是海南首个建成投产的生物柴油项目，也是国家发改委批准的"首批国家级生物柴油产业化示范项目"中最早投产的一个。

5. 亚行资助中国太阳能热发电项目

2010 年 1 月 29 日亚洲开发银行宣布将向中国提供 100 万美元的资助款，支持中国大型集热式太阳能发电技术的开发。这笔资助款将用于实施一个 1.5MW 的集热式太阳能发电技术试验项目，以便为中国甘肃省的一个大型集热式太阳能发电技术示范项目进行可行性评估，加快中国大型太阳能电站的发展。

6. 我国首轮海上风电特许权招标启动

2010 年 2 月 9 日国家能源局下发通知，要求各地申报海上风电特许权招标项目。通知要求，项目范围为沿海多年平均大潮高潮线以下至 50m 深近海海域。按"先试点，后扩大"原则建设，根据风能资源、海域环境、电力送出和技术能力等条件统筹确定项目规模，单个项目总装机容量暂定为 $(20\sim30)\times10^4$ kW。

7. 中国清洁能源投资世界第一

2010 年 3 月 26 日皮尤慈善信托基金会报告显示，2009 年中国在清洁能源上总共投资了 346 亿美元，成为投资最多的国家。而美国以 186 亿美元退居第二。中国投资于清洁能源的总额几乎是美国投资额的两倍。而 5 年前，中国在这方面的投资仅达 25 亿美元。

8. 大型风电智能控制系统投入运行

2010 年 3 月 27 日国家电网公司甘肃省电力公司和国家电网电力科学研究院共同研发的大型集群风电智能控制系统在甘肃投入运行，通过研制应用针对风电控制模式的成套装置，实现了实时风电有功功率控制，在确保电网安全稳定运行的前提下进一步提升了电网输送能力。

9. 中美可再生能源伙伴关系正式启动

2010 年 5 月 26 日首届中美可再生能源产业论坛开幕，标志着中美双方正式启动了"中美可再生能源伙伴关系"的相关合作。中美双方在开幕式上签署了航空生物燃料、天然气分布式能源、智能电表、纤维素乙醇等五个领域的八项政府和企业间合作协议。

"中美可再生能源伙伴关系"是中美两国在能源和全球气候变化方面合作的重大举措，其目的就是要建立具备广泛共识的可再生能源总量目标和政策体系，消除制约可再生能源发展的电网运行、成本方面的障碍，通过建立市场保障机制和推行智能电网等技术措施，大力推进可再生能源的规模化和产业化发展。

10. 民用建筑太阳能光伏系统应用技术规范颁布

2010 年 5 月 10 日由中国建筑设计研究院和中国可再生能源学会太阳能建筑专业委员会联合主编的《民用建筑太阳能光伏系统应用技术规范》颁布。《规范》适用于新建、改建和扩建的民用建筑光伏系统工程，以及在既有民用建筑上安装或改造已安装的光伏系统工程的设计、安装、验收和运行维护。

11. 全国首个风能实时监测与评估系统投入使用

2010 年 6 月甘肃酒泉风电基地实现风能实时监测。由中国电科院新能源所和西北电网有限公司电网技术（培训）中心开发完成的"西北地区风能实时监测与评估系统"每日向酒泉地区 5 个风电场提供 96 点风电功率预报和风电场出力分析服务，为新能源集中开发和分布式接入设备智能化在线监测，缓解千万千瓦级风电基地接入后对电网的冲击，重点为解决西北区域大规模风电开发与并网运行等问题提供了有力的技术支撑。

12. 第二批光伏电站特许权项目中标结果公布

2010 年 8 月 16 日中国最大规模光伏电站的特许权招标开标。此次招标共涉及陕西、青海、甘肃、内蒙、宁夏和新疆等西北六省的 13 个光伏电站项目，装机容量共计 280MW。所有 13 个项目的上网电价报价均跌破 1 元/(kW·h)，最高电价为 0.9907 元/(kW·h)，最低电价仅为 0.7288 元/(kW·h)。

13. 第二批国家能源研发（实验）中心挂牌

2010 年 7 月 23 日第二批命名的国家能源研发（实验）中心正式挂牌。此次命名的第二批研发中心相较于首批来说，涉及的能源技术领域更加全面，如清洁能源领域安排了核电、风电、太阳能、生物燃料等；传统能源清洁高效利用和节能减排方面安排了清洁煤技术和火电节能减排综合技术研究等。

14. 我国首设生物质发电标杆电价

2010 年 7 月 18 日国家发改委发布了《关于完善农林生物质发电价格政策的通知》。《通知》规定，未采用招标确定投资人的新建农林生物质发电项目，统一执行标杆上网电价每千瓦时 0.75 元（含税），这是我国首次对生物质发电设置统一标杆电价。

15. 国务院通过加快培育和发展战略性新兴产业的决定

2010 年 9 月 8 日国务院总理温家宝主持召开国务院常务会议，审议并原则通过《国务院关于加快培育和发展战略性新兴产业的决定》，确定了七个产业发展的重点方向、主要任务和扶持政策。新能源产业是七个战略性新兴产业之一。

16. 美国向世贸组织起诉中国对风能制造业实施补贴

2010 年 12 月 22 日美国贸易代表柯克发布声明称，应美国钢铁工人联合会的请求，美国政府已向世界贸易组织就中国对风能制造商的补贴提出起诉。柯克在声明中说，中国对风力发电制造业设立的专项基金要求受助者使用中国产的零部件，这种做法违反了世界贸易组织规则，并阻碍了美产品对华出口。

17. 中国风电装机容量世界第一

中国资源综合利用协会可再生能源专业委员会和绿色和平发布的统计数据显示，截至 2010 年底，中国全年风力发电新增装机达 $1600 \times 10^4 kW$，累计装机容量达到 $4182.7 \times 10^4 kW$，首次超过美国，跃居世界第一。中国已成为全球风电装备最大的消费者和生产者。

18. "十一五"全国建成 400 个水电农村电气化县

截至 2010 年底，"十一五"水电农村电气化县建设目标任务全面完成，共建成 400 个水电农村电气化县，涉及 25 个省（自治区、直辖市），覆盖面积 200 多万平方公里，人口近 2 亿人。经过 5 年的建设，水电农村电气化县新建和改造农村水电装机容量 400 多万千瓦，人均年用电量和户均年生活用电量达到 800kW·h 和 600kW·h 以上，户通电率超过 99.9%。

Renewable Energy in China in 2011

-Status Quo, Strategy, Objective and Policy

Contents

1 Development Status

1. 1 Overall Condition

Renewable energy has been developed fast in China, supported by the *Law of Renewable Energy* and relevant policies. As for renewable electricity generation, by the end of 2010, in the whole nation, the installed capacity of hydropower achieved 216 million kW, with annual energy production 686. 7 billion kW • h, equivalent to about 230 million tons of standard coal; the installed capacity of on-grid wind power achieved 31. 31 million kW, with annual energy production 49. 4 billion kW • h, equivalent to 15. 17 million tons of standard coal; the installed capacity of off-grid wind power achieved 150,000 kW, with annual energy production 270 million kW • h, equivalent to 84,000 tons of standard coal; the installed capacity of solar PV achieved 860,000 kW, with annual energy production 860 million kW • h, equivalent to 264,000 tons of standard coal; the installed capacity of biomass power generation achieved 6. 69 million kW, with annual energy production 26. 8 billion kW • h, equivalent to 8. 98 million tons of standard coal; the installed capacity of geothermal and marine power generation achieved 28,000 kW, with annual energy production 150 million kW • h, equivalent to about 50,000 tons of standard coal. The total power generation from renewable energy is 764. 2 billion kW • h, accounting for around 18. 2% of total power consumption of the year.

In terms of biofuel, the output of solid fuel is 3. 5 million tons, equivalent to around 1. 75 million tons of standard coal; the utilization of bio-ethanol reached 1. 84 million tons, equivalent to about 1. 84 million tons of standard coal; the utilization of biodiesel reached 400,000 tons, equivalent to 572,000 tons of standard coal.

169

If counting in non-commercial utilization of renewable energy, e. g. on heat supply, gas supply and solar heating, the total annual utilization of renewable energy is 294 million tons of standard coal, accounting for 9. 09% of the total primary energy consumption. See the following Table (Table 1) for the development and utilization of renewable energy in China in 2010.

Table 1   Development and Utilization of Renewable Energy in China in 2010

	Capacity of utilization	Annual energy production	Equivalent to 10,000 tons of standard coal
Ⅰ. Power Generation	255. 1 million kW	764. 2 billion kW · h	25,460
Hydropower	216. 06 million kW	686. 7 billion kW · h	23,006
On-grid wind power	31. 31 million kW	49. 4 billion kW · h	1,517
Small off-grid wind power	150,000 kW	270 million kW · h	8. 4
Solar PV	860,000kW	860 million kW · h	26. 4
Biomass power	6. 69 million kW	26. 8 billion kW · h	898
Geothermal marine power	28,000 kW	150 million kW · h	5. 0
Ⅱ. Heat Supply			3,665
Solar water heater	168 million m²		2,016
Solar cooker	2 million		46. 0
Methane	14 billion m³		1,000
Biomass solid fuel	3. 5 million ton		175
Geothermal utilization	130. 9 million m²		428
Ⅲ. Transport Fuel			241
Bio-ethanol	1. 84 million ton		184
Biodiesel	400,000 ton		57. 2
Total			29,365. 7
Proportion of renewable energy to primary energy consumption			9. 09%

From 2005 to 2010, the scale of renewable energy utilization in China has become larger and larger and the contribution of renewable energy to total energy consumption has become larger and larger as well. The proportion of renewable energy to primary energy consumption becomes larger constantly (see Chart 1).

In the respect of industrial development and perfection, the industrial chain of renewable energy in China has been formed fast. Wind industry possesses 10 million kW installed capacity capacity and supportive capacity of components manufacturing; the upper and lower chains of photovoltaic have

170

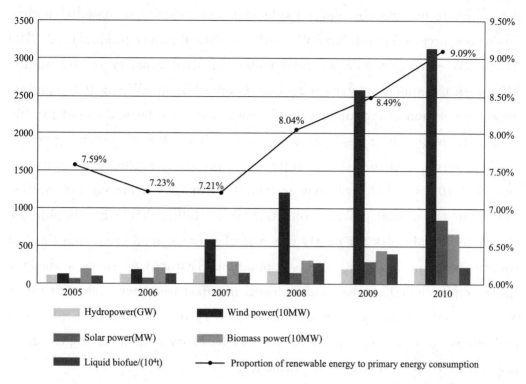

Chart 1   Development Trend of Renewable Energy in China during 2005~2010

been developed soundly. The output of polysilicon has been increased in multiplication, with the output achieved 45,000 tons. The market of photovoltaic develops fast both internally and externally; the construction of offshore wind farm in China has made a breakthrough: Shanghai Donghai Bridge 100,000 kW offshore wind farm has been completed; the 1 million kW offshore wind power construction project along the coastal area of Jiangsu is ready for Phase II offshore wind power bidding after the completion. Wind power will be developed with both patterns of large-scale development and scattered development in the future.

1. 2   Development of Major Renewable Energy resources

1. 2. 1   Hydropower

According to the review outcome of national hydropower resource in

171

2003, the technologically developable installed capacity of national hydro-power resource is 542 million kW, with the annual power production 24,700 billion kW · h; economically developable installed capacity is 400 million kW, with the annual power production 17,500 billion kW · h. If the annual power generation of economical development can be repeatedly used for 100 years, the hydropower resource accounts for about 40% of remaining recoverable reserves of domestic conventional energy, only second to coal. By the end of 2010, national hydropower installed capacity achieved 216 million kW, with the annual power production 686.7 billion kW · h, shouldering the power supply task for nearly one half of national land area, one third of counties and one quarter of the population. Hydropower survey, design, construction, installation and equipment manufacturing have achieved inter-national level and formed complete industrial system. The major problem in hydropower development in the future will lie in river basin ecological dam-age and its corresponding social influence.

1.2.2 Wind Power

Wind power resource is abundant. As per the investigation and evalua-tion data in 2010, it achieves 2.57 billion kW onshore and 500 million kW in-shore. In 2010, there newly increases 18.93 million kW wind power installed capacity, accumulates installed capacity 44.73 million kW (including on-grid installed capacity 31.31 million kW) in China, with annual power production 50 billion kW, accounting for about 1.2% in power consumption. Since the issuing of the Renewable Energy Law in 2006, wind power development came into a stage of fast development. Within the four years between 2006 and 2009, the new installed capacity increase rate of wind power is above 100% annually. The increases rate dropped to 73% in 2010. See the following chart (Chart 2) for the change trend of wind power installed capacity in China in previous years.

Manufacturing capability of wind power equipment has been improved quickly. 1.5 ~ 2 MW wind turbine units have been manufactured in large

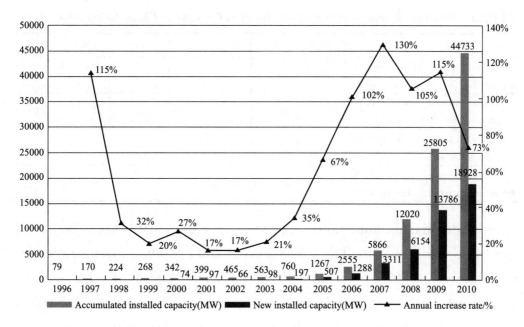

Chart 2   Trend of Wind Power Increase in China in Previous Years

scale, 3 MW wind turbine units have been used offshore and 5~6 MW wind turbine units are under development.

1. 2. 3   Solar PV Generation

The "11th Five-Year Plan" is the period of greatest development of solar PV industry in China. Inspired by the Renewable Energy Law and driven by international market, solar PV industry has been developed dramatically in China. Since 2007 it ranked top for solar cells output for four continuous years. In 2010, Chinese output of solar PV cell is about 8,000 MW, an increase of 100% comparing with that of 2009; the newly increased installed capacity is about 560 MW and the accumulated installed capacity reaches 860 MW, an increase of 287% comparing with that of 2009.

1. 2. 4   Solar Thermal Utilization

Solar water heating system is the product using medium and low temperature of solar energy. Currently, solar water heater has formed scale production and come into commercialized market operation in China. Through

173

Table 2   Statistics of Solar Cell Output and Installed Capacity in China during 2004～2010

	2004	2005	2006	2007	2008	2009	2010
Domestic photovoltaic cell output (MW)	50	200	400	1,088	2,600	4,000	8,000
Annual increase rate of domestic photovoltaic cell output		300%	100%	172%	139%	54%	100%
Domestic accumulated installed capacity (MW)	63	68	80	100	145	300	860
Annual increase rate of domestic accumulated installed capacity		7.9%	17.6%	25%	45%	107%	187%

years' industrial accumulation, solar water heater industry keeps fast development in China in 2010. The annual output and operation inventory of solar water heater are 49 million m^2 and 168 million m^2, respectively, with the annual increase rate of 16.7% and 15.9%; there are more than 3.5 million employment positions in the industry and the output value achieves over RMB 70 billion Yuan. As an effective architectural energy-saving product, the functions of solar water heater have been gradually expanded to domestic hot water and heat supply from simply domestic hot water supply, with larger and larger market application.

1.2.5   Biomass Energy

By the end of 2010, the installed capacity of all varieties of biomass power generation established nationwide amounts to about 6.7 million kW, exceeding the goal in the 11th *Five-Year Plan for Renewable Energy* of achieving 5.5 million kW. Among them, bagasse generates 1.7 million, stalk waste generates 2.26 million kW, municipal refuse generates 2.23 million kW and methane and rubbish landfill gas generate 500,000 kW. By the end of 2010, there are 40 million households using methane in the countryside of China and 72, 741 agricultural waste methane projects. The total annual methane output from household methane and large and medium methane projects is about 14 billion m^3, equivalent to 10 million tons of standard coal. In 2010, the output of Chinese biomass solid fuel reaches 3.5 million tons, an increase of 75% comparing with that of 2009. The annual output of bio-ethanol reaches 1.84 million tons and that of biodiesel reaches 400,000 tons.

174

2 Development Strategy

2.1 Target of 40%~45% CO_2 Emission Reduction

On the eve of Copenhagen Climate Change Conference, Chinese Premier Wen Jiabao, has made a responsible commitment on behalf of China: Chinese CO_2 emission of unit GDP in 2020 will be reduced by 40%~45% comparing with that of 2005. This is a voluntary action taken by China based on national condition, as well as a great effort China made for the world's coping with climate change; it will be regarded as a bounded target to be included into the medium and long-term planning of national economy and social development. Moreover, related domestic statistics, monitoring and examining measures will be constituted as well.

To achieve this target of emission reduction, China will regard coping with climate change as a significant strategy for national economic and social development, to enhance the research and development and industrialized input into low carbon and zero carbon technologies, such as energy saving, energy efficiency improving, clean coal, renewable energy, sophisticated nuclear energy, CCS and so on, as well as to accelerate establishing industry, architecture and traffic system with low carbon.

2.2 Strategic Target of 15% Non-fossil Energy

In 2009, Chinese government has proposed for the first time the target of improving the proportion of non-fossil energy to 15% in energy consumption. Non-fossil energy indicates various forms of energy except conventional fossil energy, e.g. coal, petroleum and natural gas. To be specific, it includes new energy and renewable energy, such as solar energy, wind energy, biomass energy, nuclear fusion energy and hydro energy.

Hence, China will accelerate energy adjustment and structure optimization and cultivate vigorously new energy industry; accelerate the development and utilization of new energy and renewable energy, as well as the energy development in rural, remote and ethnic areas. What's more, China will constitute supportive laws, regulates and standards, perfect fiscal, tax, price and financial policy measures and perfect management system and monitoring execution system; strengthen international cooperation and effectively introduce, absorb and learn from advanced technology abroad.

2.3 Strategic New Industry Strategy

Chinese government proposed to develop new strategic industries in 2010, which is a significant made by China based on current difficulties and have the future in mind. New strategic industries shall be selected and developed based on international view and strategic thoughts. China will develop vigorously seven industries, energy saving & environmental protection, new generation information technology, biology, high-end equipment manufacturing, new energy, new materials and new energy automobile.

Developing renewable energy will promote greatly the transformation of Chinese economy and the cultivation of new strategic industries. As new and high-tech and new industry, renewable energy has distinct advantages and features. The abroad development experience shows that, renewable energy industry has become new economic growth point for the society and that in the areas with resource advantages and technological advantages of renewable energy, its development can bring more social employment opportunities and drive the development of local economy.

3 Planning Target

During the 11th Five-Year Plan, renewable energy in China has experienced an important stage of fast development. As the fast improvement of renewable energy technology and production and manufacturing level, the anticipation to renewable energy in the future changed a great deal. Currently, National Development and Reform Commission and National Energy Administration are preparing *Renewable Energy Development Planning during the 12th Five-Year Plan* and *Development Planning for New Strategic Industries*, in which the target of renewable energy development for 2015 and 2020 has been changed a lot, not only greatly enlarged than that of *Mid-long Term Development Plan for Renewable Energy* issued by National Development and Reform Commission in 2007, but also greatly enlarged than that discussed within the industry at the beginning of 2010.

3.1 2015 Development Target

According to study of "renewable energy planning during the 12th Five-Year Plan" and the relevant study, by 2015, the throughput of Chinese renewable energy can achieve 452 million tons of standard coal, in which that of commercial renewable energy can achieve 383 million tons of standard coal. Then, with nuclear power generation of 96 million tons of standard coal, the throughput of non-fossil energy in China can achieve 548 million tons of standard coal and that of commercial non-fossil energy can achieve 383 million tons of standard coal.

The specific development target includes:

● Wind power installed capacity can achieve 100 million kW, which plays an important role in energy supply. China will further accelerate the construction of large wind power base and promote constant enlargement of wind power market. By 2015, eight 10 million kW wind power bases will be established preliminarily, new installed capacity will be above 70 million kW and the annual production of Chinese wind power will achieve 190 billion kW • h, equivalent to 60 million tons of standard coal.

• Solar power capacity can achieve 10 million kW, solar water heater installed capacity inventory will achieve 400 million m^2 and the total energy contribution of solar energy development and utilization can achieve 50 million tons of standard coals. We shall make the advantage of extensively distributed solar energy resource into full play, form the market environment advantageous for commercial promotion of solar energy products, enlarge continuously market scale of solar energy utilization and power generation and improve greatly the economical efficiency of solar power generation. By 2015, the solar power stations with the capacity above 5 million kW shall be established, mostly in Tibet, Inner Mongolia, Gansu, Ningxia, Qinghai, Xinjiang and Yunnan.

• Biomass energy supplies biogas 25 billion m^3, biomass solid fuel achieves 10 million tons, bio-ethanol achieves 3 million tons, biodiesel achieves 1.5 million tons and the total utilization of varieties of biomass energy exceeds 40 million tons of standard coal. We shall promote diversified development of biomass according to the circumstances and achieve commercialized and scale utilization of biomass energy in electric power, heat supply, transport and rural life.

• We shall popularize the utilization of renewable energy both in cities and rural area and drive renewable energy to play more and more roles in urban and rural construction by various measures. By 2015, there will establish 100 new energy demonstration cities, 200 green energy counties, 10,000 demonstration villages of new energy and 30 exemplary projects of new energy micro-grid. Power will supplied to all non-electric power population and the family introduction percentage of renewable energy in rural areas will reach more than 50%.

• To support the development of renewable energy, as for power grid construction, power delivery projects for large coal power, hydropower and wind power bases will be accelerated, to form multiple cross-region power transmission channels using advanced ultra-high voltage technology and establish 200,000km power transmission wire over 330 kV. We will establish pilot projects for intelligent power grid, rebuild intelligent transformer substation, promote the application of intelligent ammeter and allocate charging facilities for electric vehicles.

3. 2　Development Target in 2020

By 2020, the output of renewable energy in China can reach 749 million tons of standard coal, including that of commercialized renewable energy reaching 597 million tons of standard coal. Whereupon, with 168 million tons of standard coal generated by nuclear power, the output of Chinese non-fossil energy can reach 918 million tons of standard coal and that of commercialized non-fossil energy can reach 765 million tons of standard coal.

The specific development target includes:

- Accumulated hydropower installed capacity above 350 million kW and annual power production above 1, 600 billion kW • h.

- Accumulated wind power installed capacity above 200 million kW and annual power production above 300 billion kW • h; offshore wind power equipment achieves large scale commercialized application, wind power equipment possesses international competitiveness and technological innovation capability achieves internationally advanced level.

- Solar power installed capacity exceeds 50 million kW and photovoltaic power system can realize grid parity at the generation side. Utilization and installation area of solar heat reaches 800 million m^2; research and development and manufacturing technology of solar photovoltaic equipment achieves internationally advanced level and solar heat power generation realizes industrialization and scale development.

- Biomass power installed capacity achieves 30 million kW. The annual utilization of biogas achieves 50 billion m^3. The annual utilization of solid fuel achieves 50 million tons. The annual utilization of non-grain liquid biofuel achieves 12 million tons. Commercialized promotion of new generation liquid fuel shall be realized and the utilization of biomass exceeds 100 million tons of standard coal.

- Accumulated nuclear power installed capacity exceeds 70 million kW and the annual power production achieves 525 billion kW • h.

4 Main Policies

Since 1980s, China has processed study on promoting the sustainable development of non-fossil energy by means of policies, obtained a lot of outcomes and issued some policies in terms of laws and regulations, development planning, economic motivation, industrial development and R&D, which have greatly advanced the non-fossil energy development.

4.1 Laws and Regulations

China has begun to implement the *Law of Renewable Energy* in 2006 and amended it in 2009 based on the development. The *Law of Renewable Energy* embodies five important systems: total volume target system, compulsory grid-connecting system, system of pricing by different categories, cost apportionment system and system of special fund. With the five systems, the policy frame of China's support in the development of renewable energy has been basically formed.

After the promulgation of the *Law of Renewable Energy*, National Development and Reform Commission, the Ministry of Finance and the Ministry of Construction have constituted some special department regulations or instructive documents. For instance, National Development and Reform Commission and the Ministry of Finance have jointly promulgated *Implementation Suggestions on Promoting the Development of Wind Power Industry* and *Notice of Strengthening the Construction and Management of Biofuel Ethanol and Promoting Sound Industrial Development*; five ministries including the Ministry of Finance have promulgated *Implementation Suggestions on Developing Financial and Tax Supporting Policy to Bioenergy and Biochemical Engineering*; the Ministry of Finance and the Ministry of Construction have jointly promulgated *Interim Procedures for the*

Management of the Special Fund for Renewable Energy Architectures and *Review Method of Demonstration Projects for Renewable Energy Architectures*. The regulations and policies of these ministries play an important role in promoting the development of some special technologies of renewable energy.

4. 2　Planning

Mid-long Term Development Plan for Renewable Energy (hereinafter shortened as Mid-long Term Plan) was officially promulgated in August 2007. The Plan, clearly brought forward the target on total volume of national renewable energy development, has become the guiding document for instructing the development of renewable energy in China. *Development Plan for Renewable Energy during the 11ᵗʰ Five-Year Plan* has been promulgated in 2008. The highlights of renewable energy development proposed in *Mid-long Term Development Plan for Renewable Energy* lie in hydropower, biomass energy, wind energy and solar energy. Firstly, accelerate power construction of renewable energy; secondly, advocate the popularization and application of solar water heater; thirdly, continuously popularize rural household-using methane and methane projects for livestock and poultry farms and accelerate the promotion and application of biomass solid fuel; fourthly, develop liquid fuel produced by raw materials of non-grain biomass.

Moreover, according to the fast development of wind power market and wind power industry's possessing certain foundation, the government brought forward the target of establishing 10 million-kW base in 2008, namely, "as per the requirement of 'connecting into large power grid and constructing large base', strive to establish seven 10 million-kW wind power bases in Gansu, Eastern Inner Mongolia, Western Inner Mongolia, Xinjiang, Hebei, Jiangsu and Northeast China within about 10 years and establish dozens of million-kW large wind power projects along the coastal area in the east and proper areas in north and middle China".

182

What's more, local governments of each level have also issued plans for non-fossil energy like new energy and renewable energy. Currently, there are more than 20 provinces, autonomous regions and municipalities, e. g. Beijing, Tianjin, Shanghai, Shandong, Jiangsu and Zhejiang, have brought forward development plans and implementation schemes of new energy and renewable energy on different levels and planned the target and key tasks for non-fossil energy development based on their own conditions of renewable energy development.

4. 3　Economic Incentive Policy

To motivate developing non-fossil energy, China carries out some incentive policies, e. g. tax breaks, price concessions, investment subsidy policy and R&D input policy, as well as processes a series of national promotion actions.

4. 3. 1　Tax Preferential Policy

Tax credit is a basic preferential policy carried out by Chinese government for motivating the development of non-fossil energy, such as renewable energy, mainly including tariff diminution or exemption, value-added tax preferential and income tax diminution or exemption.

4. 3. 2　Price Preferential Policy

Price preferential policy mainly presents in guaranteeing grid connection and preferential policy of high electric price. In 1994, the original Ministry of Power promulgated "*Regulations on Grid-connected Wind Power Generation*", implemented electric price preferential policy of "turn back costs, pay interests and reasonable profit" to wind power and required power grid to purchase all the power produced by wind farms. In 1999, State Planning Commission and Ministry of Science and Technology reported State Council to have approved to promulgate "*Notice of Related Issues on Further Sup-*

porting the Development of New Energy and Renewable Energy" (JJC Doc. [1999] 44). The Notice has reaffirmed the requirements of the original Ministry of Power in *Regulations on Grid-connected Wind Power Generation*, which clearly required that power grid should allow renewable energy generating enterprises to connect into the grid in the neighborhood and to purchase all their power production. The electric price after connected to the grid is set based on the principle of "power generating cost + turning back cost and interests + reasonable profit"; it has also regulated that the part higher than the average electric price of the grid will be shouldered by the whole grid and that the application will be extended to all new energy and renewable energy generating projects. Moreover, 5% of investment profit rate will be provided to the projects using localized-manufacturing equipment.

By the end of July 2009, National Development and Reform Commission has promulgated *Notice of Perfecting Grid-connected Electric Price Policy for Wind Power* (FGJG Doc. [2009] 1906), to have perfected the grid-connected electric price policy for wind power. The Document has regulated that the whole nation is divided into four categories of wind energy resource by wind energy resource status and engineering construction conditions and that standard grid-connected electric price for wind power will be set accordingly. The feed-in tariffs for the four categories of wind resource are RMB 0.51 Yuan/kW • h, RMB 0.54 Yuan/kW • h, RMB 0.58 Yuan/kW • h and RMB 0.61 Yuan/kW • h respectively. Newly approved onshore wind power projects that begun since 1st August 2009 carry out the feed-in tariff of the wind resource area it belongs to. The grid-connected electric price for offshore wind power will be set according to construction progress. The instructive prices issued by the government for the four categories of wind power resource areas are the lowest price, while the actual price will be determined after wind power generating enterprises sign power procurement agreement with power grid corporations and be reported to national price administration for registration.

In 2010, National Development and Reform Commission has promulgated

Notice of Perfecting Price Policy of Agricultural and Forest Biomass Power Generation (FGJG Doc. [2010] 1579), to have further perfected the price policy of agricultural and forest biomass power generation. It carries out standard grid-connected electric price policy for agricultural and forest biomass power generation projects. New agricultural and forest biomass power generation projects without determining investors by bidding carry out standard grid-connected electric price of RMB 0.75 Yuan/kW • h (before tax). Price preferential policy is the major policy promoting the construction of renewable power generating projects in China.

4.3.3 Investment Subsidy Policy

Green energy demonstration counties and Golden Sun Project carried out by the state implement investment subsidy to non-fossil energy projects. For instance, in the Golden Sun Project begun in March 2009, Chinese Government decides to contribute about RMB 10 billion Yuan annually from government finance to provide subsidies for the construction of solar power roof and photovoltaic architectures, so as to promote the formation of domestic solar power market. According to the *Notice of Doing Successfully* 2011 *Golden Sun Demonstration Project* jointly promulgated by ministries such as Ministry of Finance at the end of June, the subsidy standard for the "Golden Sun" Project is that, RMB 9 Yuan/W for demonstration projects using crystal silicon module and RMB 8 Yuan/W for those using non-crystal silicon membrane module. As the dropping down of the costs for photovoltaic module, the subsidy will be reduced year by year.

Moreover, some local governments, e.g. provincial, municipal and county governments in Liaoning and Dalian provide RMB 700 Yuan subsidy for the peasant households, county and village governments which establish northern ecological pattern (namely, highlighting methane projects and integrating sunlight plastic greenhouse, breeding industry and planting industry) and meanwhile provide RMB 2,000 Yuan low-interest loan for every project.

4. 4 Industrial Policy

To further carry out the Law of Renewable Energy and promote industrial market, national energy administration and relevant ministries have issued a series of policies and instructions to standardize, guide and promote the development of renewable energy market. The industrial policy for standardizing the market includes the following four aspects:

Firstly, policy on renewable energy power generation and grid connection, e. g. *Provisions for Administration of Power Generation by Renewable Energy* and *Measures on Supervision and Administration of Grid Enterprises in the Purchase of Renewable Energy Power* promulgated by National Development and Reform Commission in 2006; *Technical Regulations on Wind Farm Connecting to Power Grid of State Grid Corporation* (*Tentative*) and *Regulations on Depth of Design Content for Wind Farm Connection System of State Grid Corporation* (*Tentative*) promulgated by State Grid Corporation in the same year, which have been amended in 2009; *Specification of Dispatching and Operation Management for Wind Power* promulgated in 2009;

Secondly, various regulations made and promulgated aiming at the features of various industries, e. g. measures brought forward for industrial development of wind power, biomass and solar power: *Implementation Suggestions on Promoting the Development of Wind Power Industry* promulgated in 2006, *Notice of Strengthening Construction Management of Bio-ethanol and Promoting Industrial Sound Development from National Development and Reform Commission and Ministry of Finance*, *Measures for Management of Refined Oil Market*, *Notice of Requirements on Wind Power Construction Management from National Development and Reform Commission* (by the end of 2009, National Development and Reform Commission has promulgated the *Notice of Abolishing Requirement on Home-made Rate of Procured Equipment for Wind Power Projects*), *Tentative Measures for Administration of Construction Land for Wind Farm Pro-*

jects and Environment Protection and etc.；

Thirdly, national or influential industrial standards, e. g. *Technical Code for Solar Water Heating System of Civil Buildings*, *Biodiesel for Blending Diesel Engine Fuel*, *Denatured Bio-ethanol*, *Ethanol Gasoline for Motor Vehicles* and etc;

Fourthly, improve technical and product quality of renewable energy through establishing testing and certification system. Certification and Accreditation Administration of the P. R. China have authorized several certification organizations on system and component certification of wind power, solar power and solar water heater. Moreover, large national projects have begun to list certified products as must.

Industrial policies guiding and promoting market include：

Firstly, market guidance and motivation policy, e. g. *Directory for Industrial Development of Renewable Energy* and various incentive policies related to fiscal and renewable energy fund promulgated by the National Development and Reform Commission, including quota system study started in 2009.

Secondly, carry out national key plans and demonstration project. By the end of 2009, 6 concession biddings have been executed which have greatly driven the development of wind power. After obtained successful experience, the pattern of concession bidding has been applied in the development of large scale grid-connected solar PV power station and offshore wind power projects. 2 concession biddings for solar PV power station and 1 for offshore wind power have been processed so far, which have improved the competitiveness and marketability of the projects and electric price. Since 2009, many ministries have jointly instructed and executed national plans and demonstration projects, e. g. the "Golden Sun" Project, "Green Energy Demonstration County" and "New Energy Demonstration City". Ministry of Finance, Ministry of Science and Technology and National Energy Administration have jointly promulgated the *Notice of Implementing Golden Sun Demonstration Project*, to have decided to accelerate the industrialization and scale development of domestic photovoltaic power generation by using

187

fiscal subsidy, technological support and market promotion. The three ministries plan to support photovoltaic power generation demonstration projects of no less than 500MW by means of fiscal subsidy within 2 to 3 years. In 2011, the Ministry of Finance, National Energy Administration and Ministry of Agriculture have jointly promulgated the notice of *Tentative Measures for Management of Construction Subsidy for Green Energy Demonstration Counties*, to accelerate the development and utilization of renewable energy in rural area, optimize rural energy structure, drive clean and modernized energy in rural areas and improve the production and living conditions for peasants. During the "12th Five-Year Plan", National Energy Administration puts forward that they will build 100 new energy demonstration cities to promote the development utilization and demonstrating application of new energy in cities.

4.5   R&D Policy

The development policy of the Central Government to new energy and renewable energy research mainly presents in two aspects: on one hand, subsidize the research and development of new energy and renewable energy and has provided lots of subsidy; on the other hand, support the development plan of new energy and renewable energy and has made and implemented the above-mentioned significant plans and demonstration projects. The State Council has promulgated the *Outline of National Plan for Mid-long Term Scientific and Technological Development* in 2006, which has put forward that, renewable energy technology like wind power, solar power and biomass power has obtained breakthrough and realized scale application and they will carry out fiscal policy of motivating enterprises' technological innovation, promote government procurement of independent innovation, implement intellectual property right strategy and technological standard strategy and execute financial policy of promoting innovation entrepreneurship.

The "11th Five-Year" national scientific and technological development plan has listed clean energy technology into key tasks and listed large-power wind turbine unit research and demonstration into significant projects of resources area. It also proposes to develop $2\sim3$MW wind power units, build inshore experimental wind power farms and form offshore wind power technology; surmount key technology for wind turbine units industrialization under 2MW and achieve industrialization; structure testing and certification system for large wind turbine units.

In April 2007, National Development and Reform Commission proposes in the "11th Five-Year" Plan for high-tech industrial development that, "to develop new energy like renewable energy, new generation nuclear energy and hydrogen energy is an important part of China's energy development strategy. They will enhance the development and industrialized demonstration of packaged technology, improve technological equipment level of new energy industry and provide technological support for industrial development." They will develop greatly renewable energy; strengthen policy support and investment guidance; develop significantly high-efficiency and low-cost packaged technology of renewable energy; promote aggressively the development and industrialization of wind turbine units above 2MW and key components; proceed commercial demonstration of large wind turbine units; further promote the development of new solar power generation industry of high thermal efficiency and high energy conversion efficiency and realize scaled power generation; develop equipment of Building Integrated Photovoltaics; develop and utilize technology and equipment for geothermal energy and oceanic energy and expand the popularization and application.

With the support of these R&D policies, National Energy Administration, Ministry of Science and Technology and Ministry of Finance have provided great support to the R&D, demonstration popularization and commercial application of key technologies through "Green Energy Demonstration County", "Golden Sun" Project and "New Energy Demonstration City", as well as national key technological projects "863" and "973" etc. Some international institutions and organizations have also supported technological innovation and R&D through multi-lateral and bilateral cooperation projects in

these key technological fields, e. g. wind turbine homemade project suppor-
ted by China Renewable Energy Scale-up Programme of World Bank, which
has jointly supported with domestic key project fund the R&D of 3MW off-
shore wind power; Sino-Danish Wind Energy Development Programme has
supported the study on grid connection technology taking northeast grid as
the pilot project; Sino-Danish Renewable Energy Development Programme
has supported the cooperation between China and Denmark (EU) aiming at
technological innovation. These projects play an important role in promoting
the overall technological progress of renewable energy in China and sharpe-
ning industrial edge.